一只伟大的
牧羊犬

[美]查尔斯·亚历山大 / 著

赵春梅 / 译

重庆出版集团 重庆出版社

图书在版编目（CIP）数据

一只伟大的牧羊犬 /（美）查尔斯·亚历山大著；
赵春梅译. — 重庆：重庆出版社，2020.11
 ISBN 978-7-229-14497-5

Ⅰ.①一… Ⅱ.①查… ②赵… Ⅲ.①儿童小说—中篇小说—美国—现代 Ⅳ.①I712.84

中国版本图书馆CIP数据核字（2020）第113808号

一只伟大的牧羊犬
YIZHI WEIDA DE MUYANGQUAN
[美]查尔斯·亚力山大　著　赵春梅　译

责任编辑：杨希之　周北川
责任校对：杨　婧
封面设计：璞茜设计

重庆出版集团
重庆出版社　出版

重庆市南岸区南滨路162号1幢　邮政编码：400061　http://www.cqph.com
三河市金泰源印务有限公司
重庆出版集团图书发行有限公司发行
E-MAIL：fxchu@cqph.com　邮购电话：023-61520646
全国新华书店经销

开本：787mm×1092mm　1/16　印张：10　字数：96千
2021年1月第1版　2021年1月第1次印刷
ISBN 978-7-229-14497-5
定价：25.00元

如有印装质量问题，请向本集团图书发行有限公司调换：023-61520678
版权所有　侵权必究

《传世动物文学书系》(100卷本)简介

　　动物文学资源丰富多彩，被介绍到中国来的外国作品只是其中很小的一部分。到目前为止，图书市场上没有一套成系统、有规模地囊括世界各国动物文学的书系，《传世动物文学书系》就是要把世界各国优秀的动物文学作品，分批次、成系统地介绍给中国的少年儿童读者，让他们对动物文学的多样化有一个全方位、新鲜的了解。本书系计划出版100本。

　　动物不只是冷漠无情、凶猛好斗，它们也有天真单纯、优雅有趣的一面；我们也能发现它们的灵性与智慧，还感受到它们友爱的家庭氛围，甚至被它们的自我牺牲精神所震撼。动物的世界是人类世界的缩影，动物的生活和人的现实生活一样，有悲欢离合的故事，也闪烁着打动人的美德。读每一本书就是在森林里上一堂课，从这些森林课堂里孩子们会懂得许多有关人与自然的道理，明白人和动物不是仇敌，而是平等的灵魂。只有理解、尊重并爱护它们，才不会遭致它们的误解，才会得到它们善意的回报。

　　让我们走向大自然，走进神秘的动物世界，近距离了解与我们同一片蓝天、同一个家园的朋友——动物。

前 言

当一些英语语言国家的报纸新闻都在纷纷报导着波比故事的同时,很多作家一定已经把想要以波比的丰功伟绩为素材写成小说的构想搁置一边了。我把这个想法搁置了。能猜测到,我和其他作家的想法一样,因为波比的表现太过离奇,无法写成小说。无论出版商还是大众读者都不会相信这是真的。这样的小说一定会因其只是一种无边的想象所驱使下的超现实的胡话而被放置一边。

故事以波比的伟大事迹开始的那一时刻作为开端,并以其闻名内外而结局,他已经变得更加泰然自若,高贵优雅,也更加的结实健壮,因为他能经常接受到成千上万慕名而来的探访者给他送上的敬意,因为他丰盛的食物和豪华的住宅。他收到了太多的奖牌,甚至脖圈都已经戴不上了。对于故事真实性的调查,无数个人和科学团体都已经为他做了证实,但对于写成小说来说还是有些大胆。本故事依据的一些事实的相关证明,可以在附录部分找到简略概述。

有一天，波比被带来见我。他静静地站在那里，大气凛然，在做着简单的自我介绍时，他的眼睛充满敬意地看着我，同时也要求着我对他回以敬意。他的行为举止中没有傲慢，也没有轻蔑；英雄的身份并没有令他有任何腐化变质；他是一只伟大的柯利牧羊犬，项圈上挂着无数奖牌的柯利犬；他的眼睛一直平静地注视着我的眼睛，我把视线挪开的时候，他才看向了一步以外的地方。

这再一次唤起了我头脑深处的那个构想，我要尽可能地描绘出，这几个月以来波比有着怎样难以置信的经历，他是怎样在没有任何指引、没有任何帮助的情况下克服困境的。他的事迹被比拟成了一个年轻人行走在陌生世界中所必须经历的不屈不挠和长途跋涉。然而那样的对比一点都不公平：人类有着推理能力，有知识作为后援，然而波比，至少有一位经验丰富的心理学家这样说，他所具备的只有忠诚和本能。更进一步说，他还有着令人钦佩的健全的人格。这是一定的，有一种说法是这样的，所有低等动物都只能按类型来分类，他们就像机器人那样在相似的环境中做出的反应也会是相似的，这样的观点被否决了。因为研究发现，人类不只是唯一拥有人格的生物，狗狗们也有。波比拥有这样的人格。

至于时间，至于地点，他那长达三千英里的旅程，他精心选择的人类求助对象，等等，这些所有的叙述都忠实于被调查者提供的事实资料。波比的幼年生活，还有和人们相处过程中的所有喜怒哀乐，可能是经过人们修饰过后的经历，但绝对不是臆想出来的。只有那些独自前行而没有人看见的场景中存在着虚构的成分，目的是让细节更加丰满。举个例子，波比穿过密苏里河的方式和所到达的准确地点，这些我们都无从得知；但无论怎样，他成功了，在故事中，我们是作为一个已知的细节描写出来的。

至于小说的一些资料，请让我再重复一下，我坚决遵循了波比的真实事迹。因为有种感觉告诉我，他身上附着着一种英雄气概，只有这种永不磨灭的东西才不会陷入遗忘的深渊，他的真实故事就这样被记载下来了。

译者序

赵春梅

翻译完本书一年多后，出版社再次联系我写下译者序，我欣然答应了，因为特别期待能够见到出版后的波比，期待这本书同广大读者早日见面，更期待能够了解各位大朋友、小朋友们在阅读此书时会有怎样的体会。

作为译者，自己感觉很幸运能先于各位读者一步接触到此书——《一只伟大的牧羊犬》。可以说这部小说很完美，很励志，很感人，也很真实，可以让人静心去体会，感受那种深陷故事情节中，被一只狗狗所深深吸引的微妙幸福感。翻译期间，我的喜怒哀乐会完全被这只牧羊犬的处境所影响，为他欣喜，为他着急，为他的历经磨难而痛心，为他的不屈不挠而震撼。更为准确地说，我是一边翻译着，一边被感动着；翻译到情节跌宕起伏时，还会忍不住泪流满面，以至于翻译完成后仍然感觉意犹未尽，有种莫名的不舍。

故事以一种轻松欢快的基调拉开序幕。主人夫妇驱车远行，车上装满了行李，波比也被安排一同随行。一路上波比兴奋不已，尽职尽责地为主人服务，每到一处，他都会率先为家人们打探环境，了解下是否存在着潜在的危险；在确保万无一失的情况下，才会昂首阔步地回到车上，回到自己的阵地，那威风凛凛的气势活像一个指挥全员的船长。

就这样，车子一路行驶到了印第安纳州境内的沃尔科特——距离始发地波特兰足足有3000英里。经过了短暂的停留，就在他们准备再次前行时，故事突然转折，波比在遭受了当地恶犬百般欺凌之下，与主人走散了！故事的整体氛围陡然巨变，接下来的几章篇幅便是对这只体内留存着柯利牧羊犬基因的狗狗如何凭借自己的本能一步步克服困难，最终找回了家，找到了自己的主人的精彩描述。无尽的失败迷惘没有打败他，他一步步地接近了成功；尽管历经千难万险，饥寒交迫，尽管脚下已血肉模糊，身体瘦骨嶙峋，他都不曾放弃过，不曾想过要停下奔跑的脚步——一路向西！无数好心人想要收留他，给他提供家的温暖，他都一一谢绝了。他从未有过任何动摇，因为他有着明确的目标——回家，找到自己的主人！狗狗的本能，让人无比震撼！

这是一只充满奇迹的牧羊犬，在他的面前，无数人都应该低下自认为高贵的头！每当我们面对任何困难想退缩的时候，拿起这本书认真地读一下，想想自己是否还应该更努力些，更坚定些！

在感受狗狗世界中的纯粹与忠诚的同时，我们还可以反思一下人性的弱点。同这样一只具有强大的人格魅力的狗狗相比，我们人类是否应该对自己有些更加严格的要求呢？这是作为读者该思考的问题。

赵春梅
2018年12月8日于长春
一个飘雪的季节

最令人吃惊的一点是，在这三个半月时间里，他就单单靠着自己的意志力和强烈的愿望，自觉地坚持寻找家的方向。他从来没有放弃回家的愿望和坚定的决心。从他的行动可以清晰地看出，他一直在不停地搜寻着，而且心中只有那么一个念想。

目录
CONTENTS

第一章　偶然之间　　　　　　　　001

第二章　无迹可寻　　　　　　　　015

第三章　鼻子里的罗盘　　　　　　025

第四章　脚下的旋律　　　　　　　039

第五章　到羊背上去　　　　　　　049

第六章　拓荒之路　　　　　　　　063

第七章　木腿的世界　　　　　　　079

第八章　一年一度的饥荒　　　　　087

第九章　"重生"　　　　　　　　　101

第十章　最伟大的狗狗波比　　　　115

第十一章　心爱的狗狗　　　　　　127

附　录　　　　　　　　　　　　　135

第一章

偶然之间

Bobbie a Great Collie
一只伟大的牧羊犬

第一章
偶然之间

在整装待发的日子里，波比那明亮的棕色眼睛整日看向小车的方向，却又似乎丝毫不在意看见了什么。可能他在想象自己正活跃在锡尔弗顿商业街的另一端，挑逗着人类院子里那些受惊的猫咪们，或者正以高贵优雅的步伐穿行在勒奥餐厅里的桌子和柜台之间；但是在内心深处，他还是在惦念着这即将出发的小车里面的帆布帐篷、锅碗瓢盆、旅行箱之类的工具。波比曾经玩闹着把一只猫咪扔到了樱桃树上，在波比看来，猫咪们有着类

似半个人类的性情,他们郁郁寡欢、急性子,对待生活过于严谨。

这是一个错误,生活从不严肃。波比已经在嬉笑玩闹中度过了两年半的时间,除了经历图奇的死去,还有偶尔被果园里讨厌的拖拉机撞倒,生活一帆风顺,从没遇到危险。和猫咪们嬉闹时,波比闪烁着棕色双眸,在他的眼里,生活是无尽的玩耍和享乐。而猫咪们被扔上樱桃树时,注视着波比的眼神是那么的澄黄且冷静,又是那样过分的敏感,那号叫声中充斥着没好气的歇斯底里。波比只是在和他们开玩笑,可他们却不这样认为。

猫咪们还不如诺瓦的袜子们有趣。波比瞥向樱桃树,看见那里有一只马耳他狗,正从一个树权向下注视着他们,他又坚决地快步跑回了勒奥餐厅。很久以前,波比的一大乐趣就是偷偷靠近然后猛然扑向那些柔软光滑的袜子,然后左摇右摆地玩弄着,直到被诺瓦发现之后,愤怒地从他嘴里抢下袜子。这时,波比自己就成了被摇晃在手中的玩物了。而此时,这只大狗狗一定已经长大了,不再喜欢玩弄袜子了,更喜欢找小猫咪们当朋友了;但是猫咪们只喜欢爬树不愿意和波比一起玩,诺

第一章
偶然之间

瓦和利昂娜也不会因为他变得喜欢找猫咪们玩耍而奖励他。

波比用脚轻轻一弹，餐厅的纱门就被打开了，在餐厅里，他发现了诺瓦和利昂娜，她们似乎很忙，脸颊上泛着喜悦之光，她们没有探下身子来抱抱小宠物波比。她们的父母要离开俄勒冈去旅行，这次东部地区之行已经延期好久了，他们将要离开八个星期，这期间，两位姑娘要承担起独自掌管餐厅的重任。波比不会了解这些；但是他也用自己的方式预感到了一些不寻常正在临近。这一定和停在餐厅前的车有关；波比昂首阔步走向外面，又一次检查了那辆车。他把肥厚的前爪放在了后门上，在车里目视前方，气定神闲。

他从来不知道车子里面还能装这么多家居用品。他的鼻子已经嗅到有大量的财产被装进来了。上次去往太平洋的一个海滩旅行时，带的行李连这次的一半都不到，那次他们把波比留在了布丁河畔的农场里。在那可怕的两周期间，主人们沉浸在周游世界的快乐中，波比却只能绝望地守着这方圆几英里的山川河流；他最后还回忆起了被自己咬成两半的皮带，后来主人又重新给他买了一条。

在他短小的尾巴后面，纱门再一次砰的一声关上了，他跳着进了厨房，上了台阶，又进了弗兰克和布雷热夫人的房间，他们已经走了。波比两下就又跳回了台阶上，奋力冲出门口，一跃而起跳到了车后座的行李和露营用具上。送行的人们已经聚集起来；弗兰克·布雷热和他的夫人已经坐在了车的前排座椅上；诺瓦和利昂娜两人面颊绯红，笑容灿烂，她们弯下身子和父母吻别。同样，波比也学着她们弯下身。她们一定非常开心。现在他在车里，再也不会被抛在身后了。但是在年轻的两姐妹颤抖的嘴唇上和湿润的眼眸中，波比又发现了一丝纯粹而敏感的东西，察觉到这些之后，波比迅速伸出舌头，用他那玫瑰般鲜红的舌头亲吻了两位小主人。她们亲昵地摸摸他的头并告诉他要好好的，她们努力地笑着，因为她们一定不能哭。

伴着小镇人群的挥手告别，车子缓缓地出发了，波比高高地坐在露营工具堆上，兴奋地叫着！八月上旬的阳光像一条暖意洋洋的围巾，照射在布满森林的山丘上，照射进沟壑山谷中的果园和田野里，也照射在了小波比的身上。此时的波比正高高地矗立在那儿，享受着加速行驶带来的那种疾风拂面的感觉。他是一只热情洋溢的

第一章
偶然之间

小狗。身体各部位的毛发都在随风舞动着，后腿毛长而顺滑，肩膀脖颈上的黑毛透露着狼一样的气息。他的妈妈是一只纯种柯利牧羊犬，他从妈妈那里遗传了头部优美的曲线，高贵优雅的气质，和雷霆般的速度。然而，他却不是一只纯种牧羊犬。

只简单看一眼我们绝对无法看出波比体内流淌着多么奇特的血液，他的身上除了有柯利牧羊犬的特点之外，还结合了其他完全不同的特征：外表强壮健硕，脖颈上的毛更黑更硬，后腿上黄褐色的毛柔顺而光滑，还拥有着与生俱来的短短的卷毛尾巴。因为他的爸爸拥有一半的英国牧羊犬血统，古老而高贵的短尾怪胎，这些以前是用来形容那些毛茸茸的顽皮熊的，而不是形容小狗的专用词。在古老的英格兰，如果没有这些牧羊犬，那么大规模的牲畜群就可能无法正常放牧，甚至无法大规模生息繁衍。

他们是属于沃野的精灵，不适合整日生活在温室秀场里，更不屑每天玩着无聊的猎狐游戏。他们可以一连几个星期独自追逐着牲畜群，击退早期称霸不列颠草原的狼群，还要负责把羊群安全地赶回家，不会丢掉任何一只羊。无穷无尽的工作和责任加上他们的绝对忠诚成就了他们自己的传奇故事，在遥远的城堡和酒庄里喝着麦芽酒的人们将这些英雄事迹一遍又一遍地传播放大。正因为波比血管里流淌着的那么一点特殊血液，他才不能拥有柯利牧羊犬的外表；但是在他的年代里，这一点也没有阻碍波比的名声大振，甚至他的事迹在狗狗的世界里创造了一项全新的记录。

波比的声音比普通的柯利牧羊犬声音更低沉，更沙哑，这也是他从爸爸身上继承的特征。当锡尔弗顿被远远地甩在了后面时，波比抬高嗓音大声地叫了两声。他的内心充满了喜悦。森林和田野在向他们靠近，道路在向各个方向无尽地延伸；车子在飞一般地行驶着；风吹进了波比的鼻孔，像是在和他喃喃细语，语调模糊，似乎在述说着这原野和沙漠的广阔无垠一定会超出他的想象，那白色的路，会一直带着他们驶向远方。他在帆布帐篷上欢快地跳上跳下；他实在是安静不下来，因为他陷入了无尽的惊奇和期待中。

"喜欢吗，波比？"布雷热夫人问道，伸出一只手到后面去摸摸他。

他的回答是一声低沉而短促的："汪——汪！"然后，他再次扬起头，高高地矗立在风中，这样他

第一章
偶然之间

可以用鼻子和眼睛共同捕捉信息,不放过任何一寸飞驰而过的土地。因为这次他没有被抛下,不用再把皮带咬成碎片,也不用再次为了找到消失的主人而在荒野里四处闲逛。这一次,他仍然在主人的旁边值勤,而且他还将陪伴主人们经历各种未知的探险。

就这样他们热情洋溢地行驶了十天,经过了俄勒冈古道,最后上了林肯公路,一路上山峦、峡谷,以及超乎想象的沙漠应接不暇,熟悉的家渐行渐远,与此同时波比的存在显得愈发重要。有那么一两个晚上,在露营帐篷中他听到附近有陌生人在潜行,于是他有效地利用了自己的机智将那些图谋不轨的野狗和形迹可疑的人们吓退了。在汽车修理站和服务区这些完全陌生的地方,也是他一马当先去做个提前的侦察,了解一下那里的人们,也打探一下是否有迷路的狗狗在那长期逗留。当车继续向前行驶的时候,他会马上跳上车,带着一种船长登陆的气魄。

只有一次他失误了,在怀俄明州境内,一只长耳大野兔高速狂飙追逐着他们的车子,波比认为这是一种无礼而轻蔑的行为,甚至是对他们的人身侮辱。于是他像一

Bobbie a Great Collie
一只伟大的牧羊犬

道闪电，飞下车去，和长耳大野兔一同消失在了这酷热的沙漠中。

那一天太热了，无法言表的热；当地的海拔有9000英尺①，这样的高度，即使是在车里静坐一个半小时，都会感到呼吸困难，更何况波比了，毋庸置疑，他一定不会好到哪儿去。他回来时没有带着长耳兔，却带着一副垂头丧气的样子，鼻子也受伤了，风轻轻一吹都会感觉到刺痛。他明白了，这是在9000英尺海拔的长耳兔，而不是在布丁河畔或者家里的兔子；他们天生一副大长腿，这是超乎想象的优势所在，或许为此他们便有了傲视群雄的资本，因为没有谁可以随随便便地击败他们。在高海拔的沙漠里度过了疲乏的几周时间后，他们又转至无穷无尽的草原牧场，尝到了雪地的辛寒。在那里他必须亲自猎捕野兔，不然就会挨饿。

经历了所有的一切，他感觉到一种疯狂的喜悦。他一直在为主人服务着。正因为他一直在服务，因而他现在对于主人来说变得越来越重要，那些流逝的时光再一次让他感觉欣喜若狂。一个接一个的乡村一片又一片的田野飞驰而过，前面的城市变得越来越大，又被他们甩在

---

① 英尺：长度单位，1英尺等于0.3048米。

第一章
偶然之间

身后，变得越来越小，直至消失。波比高高地坐在行李堆上，监督着他们，督促着主人时刻保持警惕。就这样，他们到达了印第安纳境内的沃尔科特，沿着一条街驶向了一幢小房子。

他们要在那里过夜，那里有波比的主人许久未见的亲戚。早起出发，向东前往150英里外的布拉夫顿，波比全程参与了整理行囊；如果他不事事尽心，他就不会明白主人下一次出行的目的。

主人开车去了修理站要修一下汽化器，没有带着布雷热夫人。波比自觉地陪着主人上了车，没注意到布雷热夫人没有在车上，她还待在露营帐篷里面；弗兰克·布雷热能听到波比喉咙深处发出来的急促的声音。

这次短途旅行中，波比已经不屑于坐在后排座，于是他像模像样地站在了脚踏板的位置。车子开进修理厂，波比马上跳下车，这已经成为了一种惯例，跳下车走上前去，观察一下他遇到的每个人；如果他们走开了，波比还会快步跟上去继续进一步的探察，他可不在乎在人们看来他的侦察行为有多么奇怪；如果他们正常接受了波比的审查，那么之后他就会回到主人身旁像警卫一样守在他的身边。

Bobbie a Great Collie
一只伟大的牧羊犬

在修车厂马路边，一只 80 磅[①]的杂种狗正在站岗，他的身上明显流淌着斗牛犬的血液，他站在那里仿佛自己是犬类的统领，要震慑到每一只来访的狗狗。这里，会有大量狗狗造访，于是他每天都会守在自己的岗位上。波比没有看见他。只是他的一个不小心，在地板上滑了一下，不经意间就滑到了这只斗牛犬的身边。弗兰克·布雷热把车开进里面时，只那么一瞬间，他注意到了那一幕。

他看见，斗牛犬和柯利牧羊犬混在了一起。但是，他仍然继续开车去了修理厂的后院，因为他知道波比一定会照顾好自己，这次也不会例外。过了一会儿，他才看看门外，看见自己的狗狗在很远的角落里忽闪忽现。这回他一点儿也不孤单，在他身旁，还有那只白色的斗牛犬，以及他的小团伙——他从整个镇上召集而来的一群乌合之众。

在他们中间的那个一跃而起的，左右闪烁着刀锋般牙齿的，脖颈上竖着黑色毛的就是波比。他受到了猛烈的袭击和无情的撕咬，最终消失在了视线之外。夜幕骤然降临每一条街道，主人来到了那个角落。没有一只狗

---

① 磅：质量单位，1 磅合 0.45359237 千克。

第一章
偶然之间

狗在那里。没有声音传来。日复一日，时光飞逝，在阳光和月光照射下的草原上，小镇狗群们的势力日渐嚣张，把这位来自太平洋的骄傲的入侵者欺凌致死，就是他们的目的。

第二章

无迹可寻

Bobbie a Great Collie
一只伟大的牧羊犬

第二章
无迹可寻

对于弗兰克·布雷热来说，那是一个不眠夜，他独自坐在车里，搜寻了整个村庄以及周围的所有公路。不止一户人家被他缓缓经过的车声而吵醒，因为他在不停地按喇叭来召唤着波比，那是他们的暗号，此时听起来却像是车子在大声地痛哭；无论波比在哪里，只要听见车子汽笛声，他就会立刻跳上车。

这样的声音，整个夜晚都回荡在沃尔科特小城内外的所有公路上。第二天的报纸上每周一期的连载部分停刊了，取而代之的是一则告知读者只要归还波比便能获得酬谢的广告。几天过去了，男主人和女主人缓慢地完成了布拉夫顿的旅程，然后，转向了南部最终向西驶去。在他们本该轻松愉快的假期之上笼罩着一层阴霾：波比没有回来。广告没有人回应。很明显，没人发现这只迷了路的、正在寻找主人的、伟大的柯利牧羊犬。他消失了，消失在了3000英里以外的广阔地区，消失在了那片肥沃的农场和村庄之间。

亲人朋友们都在热切地期盼着找到波比，找到了，会第一时间送回俄勒冈。出于无奈而又必要的选择，布雷热夫妇又一次驱车出发了；这次旅程没有了波比晚上的守卫，没有了波比在服务区的重要视察，更没有了他像个指挥官一样监督着男女主人。

波比一直在向东或向南来回穿梭，不断地战斗，逃离，备受当地四面八方的恶犬骚扰。好多天过去了，波比已经在迂回作战中行进了大约70英里，终于结束了最后一场战役。那些恶犬让波比体会到了什么是游击战。在战斗中，他或许也曾有过朋友；或许也曾在被打的时候用腿护住后背假装投降；或许也在那些恶势力团伙中当过差；或许他又直接逃跑远离了那些恶霸。

但是，柯利牧羊犬绝不会真正地投降。在这日日夜夜无尽的战斗中，在因找寻汽车修理厂而迷惘的征途中，波比感觉对主人最大的愧疚是他那未尽的责任。但是首先，他亏欠的应该是无尽的勇气和不输掉任何一场战役的意志力，虽然每次战役都是别人挑起的。就这样，因为深知自己的这两个责任，他立刻斗志满满地继续寻找。白天他去镇上，飞奔进每个繁忙的汽车修理厂，经常会被身上布满油渍的工人拿着扳手驱赶，还要伴着大声的叫骂。在外面的世界里，主人车上的那些包裹还在静静地等待着他。

和波比打游击战的那些恶狗们，还有第一个向波比出

第二章
无迹可寻

手的领头犬现在离沃尔科特也不远。第一次战斗结束的早晨，说实话，斗牛犬团伙里的那些恶狗们都不复存在了。在月光下的果园里，一条孤单的巷道旁边，它们躺在笨重的谷仓旁边，喉咙撕裂。其他的，胆小懦弱的家伙们，也早就拖着仅剩的两三条好腿一瘸一拐地逃走了。甚至那只80磅的白色斗牛犬，也已筋疲力尽，饥寒交迫；他甚至不敢再欺负任何一只陌生来客了。

然而波比，依然跋涉在寻找主人的路上，途中麦田闪着暗淡的光。偶尔来犯的猎犬，波比会快速甩掉他们；对于那些穷追不舍的，他也只能奋力反击，也有那么一两只为此而命丧黄泉。这些猎犬来自四面八方，有的出现在谷仓下面，有的来自遥远的山峰，还有些就睡在小村庄里，总之，他们都想来挑战这只来自西部的陌生物种。

狗群们都被激起了战斗的欲望，小狗的警报从一个农场开始，传到另一个农场，再继续向下传递；每只小狗都竖起耳朵，接收到那微弱的信号，再负责下一次传递，最后传递给和波比最临近的那只小狗，就这样一场战斗开启了。

在某种程度上说，波比是不可战胜的：因为他天生强

Bobbie a Great Collie
一只伟大的牧羊犬

第二章
无迹可寻

劲的后腿，速度快如闪电，因为他极强的爆发力，因为他强而有力的肩膀，还因为他锋利的牙齿可以精准地把这些农场里的小狗一击致命，也正因为这些，他似乎被困在了这里。他一旦开始了战斗，所有的小狗都会安静下来，更胆小的就直接溜回家去了。

波比不可能假装害怕，更不可能在尚有余力支撑和反击的时候在对手面前畏缩。他再也不会低头了，这样见到主人时他才能再次高傲地抬起头，带着平等意识的那些心思缜密的人和狗狗都会互相承认这一点的。尽管他一直盘旋在这一片混乱的叫喊声中，他始终没有忘记他本来的岗位，晚上应该在主人的帐篷旁边站岗，白天应该在车上监督。

他学着小心翼翼地潜入服务区，从门口睡着的小猎犬身边溜进来，闻闻每一辆车再偷偷溜出去，还好没有被发现。如果被放哨的猎犬发现了，他马上会凶猛起来一招制敌，让他们嚎叫着逃回家去。这是他们不可能做到的；他的身上散发着与众不同和奇奇怪怪，这些都是他们所憎恶的。他就是一个异类，在村庄里跑进跑出，当地的小狗们本能地都能认出他来。慢慢地，他也有点儿变得绝望，有点儿脾气暴躁了。

第四天，他昏昏沉沉地睡在了一处漆黑的铁路涵洞里，在那里吃了一只抓来的松鼠，那时他才预感到自己迷路了。在涵洞的一端波比能看见倾泻而下的秋日阳光，贯穿南北。他在涵洞里面来回徘徊，思索着，犹豫着。今天没有追赶他的猎犬；他已经学会了从篱笆偷偷溜走，飞奔加速跑出村庄，把所有追赶的猎犬都甩在身后。他下定决心要检查每一个服务区里的每一辆车，但是只有经过小心翼翼的长期潜伏才能完成这样艰巨的任务。这些道理是他最后一次无奈地杀死一只无礼的小猎犬后，身后传来的枪声，以及身上的伤口和刺痛让他明白的。

现在他自由了，可以自由地去寻找主人了。在涵洞的南端，许久，他径自站在阳光下，目视前方，眼神空洞。在他的头脑中，一种潜在的深沉的思绪指引着他，这是一种他所不能分辨的意识，是从牧羊犬家族血统继承而来的一种本能的敏感。在古老的不列颠王国，他的祖先的祖先上百次的迁徙自然造就了他们家族这样的敏感性，在从树林和山谷这样极易迷失方向的地方驱赶羊群回家的旅程中，这样的敏感性便有了其用武之地。波比走向涵洞北端。他没有停下脚步。他也不知道为什么，也说不清原因。田野、公路、天空——所有的一切都不会给

第二章
无迹可寻

他指路。无迹可寻,无山可傍。但是在他深深的思绪里,他感觉南方好像是一堵墙,当他转身向北的时候,他感觉到他应该一直向北前行。

其实他自己也不知道东南西北,也不懂罗盘针指的到底什么意思。但是他能隐约感觉到,他的鼻子指的就是北方。带着一种奋不顾身和灵巧精明,他一路向北,快速奔跑,每天用中午时间睡觉,远远地躲开每一个院落,独自前行。很多天以后,他到达了远在印第安纳州东北角的沃尔科特维尔,而不是沃尔科特。

经过多日的长途跋涉和忍饥挨饿,他放下了所有的警觉,开始大胆地对着几幢房子叫,那是他经过仔细选择才确定的对象。那家的主人是沃尔科特维尔一家五金店的员工,现在他只能铤而走险了:几星期过去了,不知道家在哪里,没有熟悉的车,也没有亲切的汽笛声,所有的一切他都没能找到。他爬上了那家的门廊,一脸哀怨地低头坐在那里。门开了。走出来一位男士。波比被迎进了院子,吃了东西,还被安顿了下来。

他在那里待了一个星期。这期间,他大部分时间都在昏睡中度过,趴在那里,头紧贴着爪子,眼睛不时地睁开,看看来时的路,再看看来和他说话、抚摸着他的头

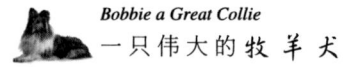
Bobbie a Great Collie
一只伟大的牧羊犬

的孩子们。有时他也变得生气蓬勃，以此来回应男主人对他说的那些温暖人心的话。有时，当车停在院子里的时候，他会上演这样一幕，跳上左侧的脚踏板，简单地模仿一下开车的样子。

　　大部分情况下，他都趴在门廊上，全神贯注地思考着，他思考的不是周围的事物，而是一直萦绕心头的奇怪的念头。因为他向北跑得太远了，甚至多跑了差不多两倍的距离，现在，他知道了，自己又错过了寻找主人的线索。一天，他消失了，向西走去，尽管在他身后人们想尽各种办法叫他回去，他还是头也不回地继续前行；几天之后，在向南大约100多英里的途中，有人看见了波比跳进了印第安纳波利斯附近的白水河，从东岸一直游到了西岸。在丛林里的帐篷中，一群善良的旅行者说他们看见了波比从浮木上跳进了溪流中，又从他们脚下筋疲力尽地爬上了岸。他又一次失败了，他的鼻子还是没有嗅到家的方向。现在，他横穿了白水河，相对于通往俄勒冈的路来说，他又向南走得太远了。

第三章

鼻子里的罗盘

Bobbie a Great Collie
一只伟大的牧羊犬

第三章
鼻子里的罗盘

他四处游荡了三个月。他的路线像是一个永无尽头的迷宫，因为他的思绪就像迷宫。只有他心里明白他要去哪儿，他要找什么；但头脑却找不到路线。在印第安纳波利斯附近的丛林，他被迎进了帐篷，那些旅行者把自己的食物分给了他一份儿，于是他吃到了一顿蔬菜烩肉和一些薄脆饼干。在帐篷里他也只待了两天。吃饱喝足的波比又马上起身往西北方向走去，一路上经过了小镇和收割完成的庄稼地。只在蒂珀卡努河旁休息了一会儿。他经过了沃尔科特，横穿了沃巴什河，那晚，正在湍急的河水中奋力挣扎的时候，他被河上巡逻的人抓了。不过上岸后，在经过一座大桥时他猛然一跃，跳了下去，又从东向西横穿了蒂珀卡努河；他在一个度假小屋旁的岸边上了岸，树下坐着一个身材高挑、温和友善的女士，正在看书。

尽管她一直对波比爱抚有加，他还是让自己清醒下来，用眼神对她表示了感激，之后继续奔跑，沿着小径上了一条大路。那天晚上，他竟然又回来了，接受了那位女士的食物和水。因为明显看得出他已因为长途跋涉而精疲力竭，这位新朋友真诚地邀请他进屋去，不过他还是没有留下来,又一次跑开了。至于他在印第安纳州西北部地区的具体行踪,就无从得知了;但是五天之后,他又疲惫地跑回了这条小径,回到了蒂珀卡努河畔的度假小屋。

这一次,他在那过了一夜。"你迷路了,"那位女士说道,放下了手中的书,"你找不到你的主人了。为什么不留下来和我们待在一起呢?我们会像家人一样对待你。你叫杰克——?谢普——?莱迪——?波比——?"

听到最后一个名字的时候,他一直垂着的头抬起来了。"波比!"她欣喜若狂地喊了出来。"现在,你看,我知道了你的名字。接下来我会给你找些吃的。因为狗狗们也像人类一样——喜欢有规律地进餐。"

他有力地摇晃着尾巴,接受了为他安排的床,放下了所有的疲倦,倒头就睡,一夜无梦。接下来的清晨,平静祥和,露珠闪烁着光芒,溪水缓缓地流淌,水面之上烟雾缭绕。波比跑上了小径。

"波比!"那位女士喊道,冲出了屋门。

他停了下来,转过头去,跑回到她的身边。在这疲惫的几个星期里,没有人喊过他的名字。他用头依偎着她。他那本应凉爽的鼻子现在也因高烧而发烫。但是他又看

第三章
鼻子里的罗盘

向了远方。他的眼中,一念闪过,似有千言万语,又明显只有一个目标。他低下了头,快步跑上小径,没有回头,那位女士也没有再喊他……

还是那种特殊的本能一直在支撑着这只牧羊犬。那是一种模糊不清、不可思议的感觉,像是沙漠边缘那若隐若现的细沙。波比就这样依赖着这样的感觉,在头脑中不断地思考,尽可能地对其加以利用,理解着,分析着,固执地信任着,对他所经过的外面的世界毫不在意。就这样他向西横穿了一整个州,伊利诺伊州,又深入到了爱荷华州,到那里才停下了脚步。晚上在废弃的马路上大步向前奔跑,行至村庄边缘,他会用一只眼睛瞄着那些可能带来麻烦的人和狗,他会避开桥梁,取而代之的是,他选择把自己投入湍急的溪流,随之漂流着。这些日子里,他的头一直低垂着,也不知道自己身在何方。他总会试图利用一直支撑着他的特殊本能,来给他一些模糊的指引。他找不到通向主人的路。他周围的农田和城镇都不能给他任何提示。他像个无头苍蝇一样四处乱撞,毫无头绪让他快要发疯。这几个星期里,他一会儿向南一会儿向北,甚至还向东跑了一段;在他周围的世界里,没有任何东西能帮助他找到主人。

他只能一次又一次竭尽全力地挖掘自己记忆深处的所有线索，希望这些线索能帮他回到主人身边。他所能找到的都是一些模糊的感觉，是他无法弄清楚的东西；带着内心的焦虑，他的脚步继续穿过了爱荷华州。

他停下来是因为偶然听见了一个熟悉的声音，这声音让他感到热血沸腾，他在那里待了几天的时间，稍作休息，也得到了很多关爱；在无休止的一路向西行进的过程中，他早已疲惫不堪，急需休整。令他更为沮丧的是，他第一次努力辨识出的声音，那熟悉得如同自己身体一样的声音竟然也出错了。

事情发生在爱荷华州，一个秋日的夜晚，在温顿小城中，停在马路边的一辆小车的鸣笛声吸引了波比，尽管那声音听起来一定是有其他目的而不是为了召唤波比，他还是像被电击了一样，立刻停下了脚步。印象中，只有那么一辆车会发出这样刺耳又粗犷的声音……

转瞬间，他已经跳上车了，坐在了惊慌失措的乘客中间，并对这些人都做了一番审视。他的希望彻底破灭了。他一定听见了主人发出的信号，他很确定；但是，这不是主人的车，车上的人也不是主人的家人。车上坐着年轻的姑娘，可是她们也不是诺瓦和利昂娜；方向盘的

第三章
鼻子里的罗盘

位置上的确坐着一位男士，也很友好，但那却是一个陌生人。

波比还是不能离去。他颤抖着，全身上下血液咆哮像是马上就会喷涌而出。几个月过去了，他始终记得主人车子的鸣笛声；他实在有点忍受不了这样的失望。在他到来之前，这辆车子就停在了一幢小房子门前，车上的人都下了车走了进去。他也跟着进去了，根本没有在意他的这些新朋友，径直上了台阶，又下来了。他巡视了客厅、卧室和壁橱，就连一个小小的缝隙都不放过。

波比感觉生命像是被掏空了。他全身颤抖着，依偎在那个陌生人的脚下。过了一会儿，他慢慢地接受了他们给他的晚餐，睡在了他们为他准备好的垫子上。吃过早餐后，他用爪子使劲抓着房门，他的新朋友走到他面前，俯身屈膝，抚摸着他的头，诚恳地邀请他留下来，对他讲，大家都很欢迎他；但是波比只在门口嚎叫着，最终，门被打开了……在感恩节的前不久，他来到了得梅因（爱荷华州的首府）。

这次的长途跋涉，波比先是向南然后向西，到达了得梅因。这一路上，他头颅低垂，无精打采，唯一支撑他的还是那种本能的意念，那种遗传自古老的牧羊犬家族血统特有的执着。他仍然还是弄不明白，不理解他的执着所在，他唯一的信念就是他的心底一直有一个声音在指引他，继续向西奔跑。

波比缓缓地行进在得梅因的街道上，瘦骨嶙峋，饥肠辘辘。他第二次尝试着解读心底里的声音，这种本能之声正在日渐清晰，不过他又一次失败了。在这毫无头绪，历经漂泊的岁月里，支撑着波比的唯一信仰就是：对主人的绝对忠诚，尽管已经迷失在了离家三千英里以外的地方，他要找到主人的坚定决心从未改变，他还激励自己，永远不会向死亡服输。因为这是优秀的狗狗们最值得称赞的美德，他们对主人的忠诚和信仰超乎人类想象。

波比本可以在众多的好心人家里任意选择一家留下来。经过几个月徒劳无功的搜寻，他本可以选择忘记一切，留下来和欢迎他的人们重新开始生活。他不止一次感受过温暖的新家，美味的食物，还有关爱着他的人们。离开了这些，留给他的就只有外面的世界，日渐痛苦的夜晚，磕磕绊绊的石头，还有猎人那犀利的眼神。如果换作人类迷路了，陷入这样手足无措的境地，那么他们一定会选择投奔新的朋友而忘记过去。

只有在真正无力前行的情况下，他才会尝试寻求帮

第三章
鼻子里的罗盘

助。于是，在得梅因过了感恩节后，恢复体力的波比又一次选择了不再接受他们的帮助，他不能欺骗人们的感情，以为他已经接受了这全新的家庭。感恩节的第二天，在人们千般恳求万般爱抚的挽留中，波比又一次失落而坚定地离开了。内心那种本能的声音在一路欢歌；他离开了，不确定是否离家很近了，也不知道是不是再过几天他就能回到主人的家了。

他进入得梅因的时候已是天色向晚，街上一片寂静，路灯闪烁着昏黄的光。头顶那片天空透着一片静谧的浅蓝色，夜幕即将笼罩在这中西部的整片地区。这只牧羊犬头颅低垂，精神涣散，他再一次被这徒劳无功的坚持击垮了；这是任何饥饿和疲惫所带来的痛苦都无法比拟的折磨，突然有一种绝望和迷茫滚滚袭来，令他窒息。他向人类寻求了帮助。他仍然还具备有那种辨别意识，在心底里悄悄地提醒着他谁是好人，谁是坏人。遵从了内心的指令，他选择爬上了得梅因郊外的一个门廊。

在门廊的床上，一个小男孩正睡在那里。他很不一般，如果他像一般的孩子，醒来发现身边坐着一条狗，皮毛脏兮兮乱蓬蓬的，他一定会大声尖叫，或者一跃而起，马上逃回屋子。作为一个特别的男孩儿，他马上坐起来伸出手摸摸这只大狗的头。波比低下头舔舔嘴唇以此来表示友好,抬起了男孩儿一直摇晃着的爪子,下一秒马上放下了,之后沉沉地睡去了,他实在是太累了。在微弱的光线下,男孩儿看了一会儿这只憔悴的狗狗;最后,他以自己对小狗特有的理解方式终于弄明白了,他也再一次睡着了。

第二天早上,波比被男孩儿介绍给了他的家人,他向周围所有人都打了招呼。吃过早餐,带着疲惫和绝望,他又一次走出了房门,跑进了一个公共露营帐篷。努力飞奔着想要到达得梅因的日子一去不复返,此时的他备受打击,心情更加低落,更加绝望,这是三个月来不曾有过的消沉;波比每天在这里观察着,这个露营帐篷每天会有很多车辆来来往往,他们来自很远的地方,有些满载行李,有些空无行囊,然后他们会去往更遥远的地方。

在这里生活了几个星期的时间,他把小男孩的家当成了自己的总部。在这里,他重拾活力,整日和孩子们追逐嬉戏,和他们一起摆姿势拍照片;不过,隐藏在这欢乐之下的是他的绝望和迷茫。每天他都会去一次露营帐篷,只有一天例外,他没回来。直到八天后,他再次

第三章
鼻子里的罗盘

出现了,在俄勒冈的主人给他戴上的重重的项圈不见了,取而代之的是一个很薄的皮革项圈,上面还挂着一小段绳子:这个项圈将伴随他走过整个冬季,还要伴着他走过去往俄勒冈的整个漫漫长路。有些人想要用项圈和绳子把他控制起来;不过,他已坚定地选择了回家,就没有任何人能把他囚禁起来。

无论他的情绪有多么低落,他的搜寻看起来多么徒劳,隐藏在体内的强烈愿望就如同烈火熊熊燃烧着,永远不会熄灭。他要找到主人。心底里的那个声音仍然在呐喊,这次的呐喊仿佛带着一种陌生的语调;他的眼里闪出一丝朦胧,让他捉摸不定,却又不可或缺。在感恩节的第二天,他如重生般地找回了自己,唤醒了体内遗传自牧羊犬祖先的特殊力量。他躺在门廊上,全身放松,伸着懒腰,似乎又变得强壮而睿智,正适合再次出发远行。

距离上次波比被那只白色斗牛犬和那伙恶犬们骚扰离开沃尔科特已经过去三个月零一个星期了。最初,发现自己走失了以后,他就开始无头绪地四处乱撞。当他试图用鼻子沿路寻找主人的线索时,他失败了。当他停下无头苍蝇般四处游荡的脚步时,他开始了疯狂的北南东西之行，向各个方向搜寻开来。最终，他完全迷失了自己，绝望中他甚至对自己的眼睛和鼻子都失去了信任，因为它们所给出的提示只让他走向一次又一次的失败。取而代之的是，他把希望都寄托在了他那正在觉醒的本能之上，他对主人强烈的渴望和找到主人的坚定决心，这一切夙愿都有赖于这样的本能。如同长眠的雄狮，如今被唤醒了。一种不可思议的回家的渴望就在波比的思想深处慢慢伸展着、苏醒着，正如古老的英格兰山坡上那些牧羊犬，亟待归家。

三个月过去了，他仍然坚定信念要回家去。他的信仰、他的勇气和他的倔强，所有的这一切都要由那觉醒的本能来满足。但是他深知那通向成功的道路会经历怎样的荆棘坎坷和无能为力。

那是在得梅因的一条街道上。他在那里踌躇着，头左右摇摆着，最终决定向东行进。这种迷惘的、无法确定的感觉令他愤怒。一只黄色的杂种狗从他身边飞奔而过，一路向东；随后闪过一只稀有而珍贵的爱尔兰狼犬，黄褐色的毛发柔顺而光滑。其他小狗也在奔跑。波比看了看后面：一辆载着金属笼子的马车，停在了路边。人们正在追赶着，哄骗着，抓捕狗狗们。一个男人靠近了

第三章
鼻子里的罗盘

波比。

笼子里面挤满了小狗。波比被使劲儿扔进了这些狗狗中间。他愤怒地狂跳；他的跳跃加上他的体重，使笼子裂开了一个缝，门闩掉下来了。他正在马路上大踏步地向前奔跑，这时他被一张大网罩住了，重重的一击使他愤怒地嚎叫着，振聋发聩，如火似焰，从喉咙里喷涌而出。他想继续向东奔跑，不过前面有更多的人在等着。

但他没有想着逃脱；他撤了回来，因为走投无路。他恼羞成怒。那些人靠近他想要看看他是否已经疯狂至极，正在极度愤怒中的他冲着他们猛地狂叫，长期压抑心底的本能之音此时终于得以发泄，他想要的答案找到了。

他已经陷入了绝境，哀嚎着，看着西边的街上，很多大人和孩子聚集在了那里，不敢靠近。他们都在和他作对。他们带着他向东驶去。这整个遥远的陌生世界都在和他作对，对他只有无情的争斗、驱赶，阻碍他返回家乡。这些他都知道。他陷入了疯狂。他不知道西方是什么，在这疯狂的一瞬间，他突然能够明确地肯定，那就是家的方向。瞬间，他变成了一道带着尖牙的闪电迅速刺向了人群，所有的大人和孩子都连忙后退，给他让出了一条路。他以惊人的速度消失在了人们的视线中，消失在了城市中……在这广阔的天地中,他继续飞奔一路向西,在这里,他迎来了初雪降临,他的脚步一直在不停地奔跑。

现在他知道了他的鼻子像一只风向标一直朝向西方,风在耳边低声倾诉,提醒着他,即将迎来的是庞大的山脉、潜伏的野兽,还有湍急的洪水;但他的鼻子现在就是一个罗盘,指着家的方向,不偏不倚。

第一个星期的回家之路,波比享受到了疯狂的喜悦,从得梅因离开的六天后,他到达了丹佛(科罗拉多州首府),在此之前,他凭借力量和技术独自征服了身后的这片广袤无垠的大平原。在前方人们已经给他设置了更大的屏障。

第四章

脚下的旋律

Bobbie a Great Collie
一只伟大的牧羊犬

第四章
脚下的旋律

波比从来没有向路人乞讨过，无论是在街上，还是在高速公路上。当他特别需要求助的时候，他会选择一户谦逊和善的家庭，先让大家认识他，然后让他们像迎接贵客一样体面地把自己迎接进门。他拥有着灵敏的鼻子，可以准确无误地分辨出谁是好人，——谁是坏人。他用这种方式选择的所有求助对象都会成为他临时的主人，并且不会在他要走时强制将他扣留，他们只会在他愿意的情况下请求他的留下。那是因为他们懂狗狗，他们能从波比的行为中了解到，他是一只走失的小狗，也会懂得直到他找到他想要的，他才会真正得到满足。

波比也了解人类，不然，他也不会这么有把握能找到对的求助对象。在丹佛，他出现在一家门前，当他们要他说话的时候，他才叫了几声，接受了他们的晚餐，在那儿留宿了一晚，早起又恭恭敬敬地坚持离开了。据报道，那年的12月6日，他到达了丹佛，而他离开得梅因向西行进的日期是11月30日。如此迅速的长途跋涉真是闻所未闻，难以置信。波比的脚和肌肉都因日积月累的体力透支而疼痛；但是，他已经开始习惯了，他现在已经被一路向西的回家热情点燃了——他知道，并深信不疑，他即将回到家中。他匆匆地离开了丹佛，开始了第二次的长途跋涉。

如果仅从普通狗狗的角度出发，波比从得梅因去往丹佛的途中，能有如此速度，那一定是一帆风顺，毫无障碍的。事实上，他的确经历了好多障碍，所以他才到达了丹佛，而不是夏延（怀俄明州首府）。他和弗兰克·布雷热曾经沿着夏延附近的林肯公路一直向东，高速行驶，而夏延距离丹佛还要向北一百多英里。但是他已经向西跑过了500多英里，为期16周的毫无头绪的奔波就此告一段落，因为在他面前的是西部地区那片白雪覆盖的连绵群山。只要他奔跑在无垠的天地间，他就会在脚下谱出一曲美丽的乐章，他将伴着这特有的旋律一路行至西北。

但是，很久之后他才开始向西部的山区进发，这种持续飞奔的节奏让他差点垮掉了。就在那时，他来到了密苏里河，内布拉斯加州就在前方静静地等待着，等待着他飞驰的步伐。

那是一个晚上。波比放慢了脚步，穿行在这灯火辉煌的大街小巷。曾有一个官员看着他，盯着他脖子上的廉价项圈，还有挂在上面的被咬断的绳子。波比看了看他，

第四章
脚下的旋律

径直跑下了一条小巷。在黑暗中他沿着迂回曲折的巷道来到了一座大桥前，昂首挺胸，带着一副保险推销员的架势，漫步走上了桥，头顶的霓虹五彩斑斓。

一个体态臃肿的人拦住了他的路，那人当时正在附近巡视。波比停下了脚步。"喂！饭桶！"那个警卫就这样跟波比打了招呼。他快步走向波比，同时向他那单薄的项圈伸出了戴着连指手套的手。

波比一转身，如离弦之箭，匀速低飞，只用足尖点地，逃离了警卫身边。突然，身后传来了一阵咒骂，身前便是奔跑着的人们拦下了他的路，他甚至还发现了一束闪烁的蓝光，那是一支枪发出的。一队警察出现了，警车灯光耀眼，此时场面胶着，混乱不堪。波比滑步停了下来。

波比耷拉着耳朵，眼神忧郁，他忍受了一只大手抓住他的项圈，忍受了他被踢打着再次向东而去，也忍受了两个大块头的强行拖拽，他们要把他拽向桥的尽头，那是朝向爱荷华州的方向。他们把他转交到了他第一次逃离的警卫手中。波比有些颤抖了，畏缩了。

"叫医生来，"那个警卫发出指示，"把他扔进去。那条狗，不是什么好东西。没有名字牌，项圈上什么都

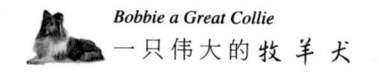

没有。"

波比停止了畏缩。他知道,他不能被他们带下桥去。他不知道为什么,他更不知道,他那平稳的脚步节奏有时甚至比十吨重的货物对于这个结构精密的钢筋铁骨的桥梁来说更具杀伤力。他知道,以前他从没在桥上奔跑过,他总是泰然自若地走在桥上;在寻找答案的时候,脚底的刺痛给他带来了阵阵的烦恼。

然而,除却眼前所有这一切,忽略那些踢打着把他往回驱赶的人们,也忽略那扣押他的体型笨重的警卫,便只剩下了他那一路向西继续前行的渴求。突然间,他一下停止了颤抖,全身舒展,一跃而起,跳出了桥边围栏,在一片漆黑中他猛冲进了冰冷的河水,寒冷刺骨超乎想象。有那么一瞬间,他感觉自己已经窒息,快被淹死了;之后他又呼吸到了夜晚的空气,又看见了被他甩在身后的高高在上的城市灯光,感受到了那座桥的黑影随波消失。他胜利了。密苏里的河水真是夸张至极,里面夹杂着冬季刺骨无情的寒冷,又不像西部河流的清亮澄澈,里面裹挟着大量的平原泥沙。冰块在河水上漂浮……在一处悬崖,他艰难地把自己拖出水面,躺在那里做个短暂休息,咳嗽、发烧、呼吸困难,此时的他又冷又累。

第四章
脚下的旋律

不止一次,他差点被脚下的冰块撞下水。不过不到一个小时,他就又找到了路,在路上,他的脚步重新敲打出那特有的韵律,阔步向前。

他悄悄地穿过了普拉特河上的一座桥,没有被人发现;之后他日夜兼程,毫不在意身后那一片飞驰而过的山川河流。下午,稍微温暖些的时候,他会在马路边的篱笆旁小睡一个小时;清早,他学着寻找一些被汽车碾压而粘在高速公路上的松鼠和野兔。离开丹佛以后,这样的野味就少之又少了;当饥饿难耐的时候他也会偷偷潜伏试图猎捕野兔,不过都会以徒劳而告终。

在这里,他挣扎在松软的白雪中。他调整了路线,坐标定位西北方向,最终,经过一夜的努力挣扎,他到达了怀俄明州一座有着光滑而坚硬的积雪覆盖的平顶山。在光滑的外表之下,他发现了这层冰雪外衣也像冰封的大海那样,扭曲和晃动的痕迹如同浪花一样斑驳,被长期封存了下来。来自西北的狂风强劲有力,席卷着这山顶松软的白雪,翻滚着,咆哮着,最终都会变成飞在空中的冰弹。

夜晚降临,他倔强地把自己拖进了这强劲的暴风中,他登上了一座小山的顶峰,在黑暗中他捕捉到了一丝来自山脚下的令他热血沸腾、活力焕发的气味。这些天里，他一直没有发现人类的迹象，没有经过任何房屋，也没有嗅到任何生物的气味。现在他一路跑下山坡，跑向了肥美的羊群、狗狗和人类。

在小木屋门口，他遇到了一群牧羊犬的首领图斯科，还被他来了一次猛烈袭击。在这之前波比就意识到了，图斯科有着和自己相同的尖牙。波比倒下了，无论从力量还是技术上，他都无法和死不放手的图斯科相对抗。其他牧羊犬没有在意他。他们不是拉帮结派的势力团伙，不会在夜里像东部山谷中的恶犬那样搞偷袭打游击。他们是技术娴熟的工作狂，他们把全部的精力都放在了他们的职责之上，骄傲而独立；波比和图斯科的打斗并没有影响到他们，他们仍在继续着他们的应尽职责，挖洞准备晚上住在里面。波比渐渐地陷入了窒息。

此时，门开了，一只穿着靴子的大脚踢在了图斯科的肋骨上，又踢在了波比的身上，因为他又朝着嚎叫着的图斯科飞奔过去。后来，波比被拖进了小木屋，屋里生着火，那个牧羊人面朝大桌子另一端的那个牧羊人坐了下来。

波比在柱子周围的地板上来回地小跑着。牧羊人看了看他，伸出手来，抬起了他的爪子。但是在小屋中穿行的时候，他因为脚底的疼痛而失掉了那特有的节奏。他的趾甲根本没有挨在地上，它们已经因为长期的快速奔跑而变得血肉模糊。

第五章

到羊背上去

Bobbie a Great Collie
一只伟大的牧羊犬

第五章
到羊背上去

第二天早上,这西北风刮得更猛烈了,风力增加了一倍。狂风席卷着这片平原,像是一种触手可及的、流动着的、坚不可摧的物质,灰暗而无情。在波比还待在自己挖好的洞中,没有飞奔而出的时候,他就听见了头顶寒风凛冽的呼啸声。

伴着整夜咆哮的风声,波比陷入了无梦的酣睡,嘴巴挤进后腿中间,整个身体都得到了休养生息。突然间,他从这种深睡眠状态一跃而起,脖颈上的毛竖了起来,尖牙也露出来了。原来是图斯科扑到了他的身上。他们在坚硬的地面各站一边,准备战斗,然后像狼一样扭斗在了一起。图斯科的目标就在于喉咙,但是他却没有闪电般的速度;狼只以速度制胜,而他则是有些倾向于抓捕之后勒住脖颈,使其窒息,和狼的一剑封喉有所不同。波比已经经历长期的速度对决。在古老的阿巴契农场附近山区逗留着的一条拥有部分警犬血统的狼犬,曾经教了他很多,像狼一样的跃进、撕咬、再次跃出。图斯科在笨拙而凶残至极地猛冲着,第三回合,波比就闪到了他的身边,在他躲闪之际,波比一个迅速撕咬——脖子上厚厚的皮制项圈拯救了图斯科。

下一个回合，是那个穿着大靴子的牧羊人救了他。他不由分说，抬起靴子就是一击，图斯科后退了二十步，坐在了地上，仍在对着波比嚎叫。波比没有动，那只大靴子也没有再次踢在他的身上。他选择了既不和这个权威的牧羊人开战，也不会从他的身边逃离。

　　"你省省力气吧，"那个牧羊人对着图斯科咆哮着，"如果持续这样的狂风大作，我们就会需要他。这条陌生的大狗看起来就是一条该死的柯利牧羊犬。我们不在意他从哪儿来，也不在意他要到哪儿去，我们需要他，知道吗？他现在是我们中的一员。"

　　他抬眼望向天空，脸上布满黑色胡须。他的同行人从小木屋走出来，手里拿着一个煎锅，里面堆着几个煎饼。以图斯科为首，狗狗们一个接一个地接到了牧羊人扔给他们的煎饼。在这样的严寒中，这些油汪汪的热气腾腾的煎饼真是一种极强的诱惑，波比充满感激地吃了他的那份儿。

　　图斯科没有吃，他来到了穿着靴子的牧羊人身边。他的嘴唇微微卷起，牙关紧闭，用这仅有的方式向主人微微一笑。牧羊人心不在焉地拍拍他的头，仍在注视着这些被风卷起的阵阵雪花。波比旁若无人地走过去把图斯

第五章
到羊背上去

科那热乎乎的煎饼吃掉了。

见状,图斯科马上如雷霆般愤怒地朝着波比飞奔过去。这次那个牧羊人的靴子只能加剧这胶着的场面。倒是他的同行人,那个态度平和的北欧人,帮他解决了问题,他把图斯科一拳打晕,之后又在波比的肋骨处来了重重一击。波比看了看他,那个黑胡须的牧羊人正在咒骂着图斯科。

"那该死的蠢货,"他告诉这个北欧人,"他正在嫉妒那只新来的大狗,已经恼羞成怒,甚至都不吃东西。图斯科,"他大声喝道,"你最好停止这样,停下来!你听见了吗?我们需要这个新成员,图斯科,像我之前告诉你的一样。"

"他是一只很好的狗狗。"那个斯堪的纳维亚人低声说道。

"该死的,你知道。我还有更多的要说,瑞典人,如果我们在暴雪来临之前不把这些羊群送达指定地点,那么,在华盛顿就会有一个参会议员损失一万美元。你是新来的,还有很多不懂的,不过我可是对他们了如指掌。一旦下雪,他们就会蜷缩在一起。"

"是的,"那个北欧人同意,摸索着他那银色的胡须,

Bobbie a Great Collie
一只伟大的牧羊犬

"天气太冷了。"

一天的工作开始了。他们向西进发，向着暴风席卷的草场走去，七千只羊被牢牢地捆绑在了一起。这样的方向正适合波比。他也很担心，担心被诱惑。在这种存在着羊群、狗狗和人类的特殊任务中他感觉到了一丝熟悉的东西。暴风弥漫，一片荒芜。他从来没有驱赶过羊群。不过，来自上千只古老的牧羊犬祖先们的基因就留存在他的体内，流淌在他的血液里，深藏在他日渐觉醒的思想深处，也显露在他那短小精干的尾巴和粗犷有力的肩膀上。

一般情况下，羊群首先需要吃草，狗狗们就要监督他们。波比，虽然从没放牧过羊群，也还是成为了这特殊群体中的一员。

当他靠近这大片羊群的时候，体内那种莫名的冲动油然而生。他热情洋溢地快步向前，昂首挺胸，双耳高耸。这就是他想做的也是他应该做的事情，也似乎是他以前经常做的；但他不确定那是什么。其他的狗狗都在他的前面。当他发现那些狗狗竟然一直守卫着羊群一整夜的时候，他感到无比吃惊。

图斯科改变了。所有的敌对情绪，所有因嫉妒而产

第五章
到羊背上去

生的憎恶都消失了。在羊群的旁边,他无处不在,俯身前冲,大声吠叫,突然间的撕咬,鼓动他们向前奔跑。在羊群边缘,他从一个点跃到另一个点,最终消失在了羊群中间,又在西侧重新出现了,开始像个领路人继续前行。

眼前这一切,波比都为之激动而疯狂:牧羊犬们兴奋的尖叫,小羊们的轻声低吟;这种有着暗黄色眼睛的时不时迅速摇摆着他们愚钝的头颅的满身卷毛的生物,这银装素裹的世界,还有那两个牧羊人。波比已经爱上了这些。他和其他的狗狗们一起跳跃,观察他们在做什么,他也学着做。他主要跟在图斯科身旁工作,因为他是最有工作热情的,也是最有智慧的一只牧羊犬。虽然波比不理解,当图斯科把这些棘手的羊群慢慢地赶往他选择的方向时,波比体内的本能又一次告诉他,图斯科是对的。在他承担指挥着成千上万只羊的光荣任务中,图斯科的聪明才智超乎想象。

波比也曾迷失方向,直到中午,他才找到他们。到那时,羊群已经向前移动了 1.5 英里。七千只羊中的每一只都在抗议中拒绝每一步的前行。他们可以在狂风中选择另一条路,但他们都以无言的方式拒绝另辟蹊径,因为

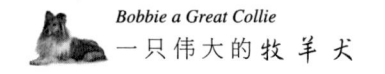

此前的路，是牧羊人为他们选的最为安全的征途。

那个北欧人和穿着大靴子的牧羊人现正在前方一英里远的巨石堆上，一侧的羊群正向他们靠近。波比看见了他们的红色旗帜。他看见了它们，因为图斯科正在注视着它们；图斯科停了下来，时不时地抬起头来看一眼风雪弥漫的天际线。他用眼睛追踪着图斯科的视线，波比看清了那个人影，还有他手中不断挥舞的红色旗帜。波比注意到了，图斯科一直在观察着，用心地观察着；然后，他跳着离开了，对着给他的指示叫了两声，最终充满热情地出现在了羊群的左侧。穿着大靴子的牧羊人发出指示："转弯，转弯！"于是，图斯科转了方向。

现在波比明白了，图斯科做的也不比他多。因为这项工作让他兴奋不已，并且是一种纯粹的享受，这种对人类所尽的职责是他与生俱来的任务，渗透到了每一个细胞。这种古老的工作形式对于所有狗狗来说都是最好的最完美的选择，也是他以前从未尝试过的工作。他气喘吁吁、大汗淋漓地跳进了羊群中，全身疲乏的肌肉都焕发了新的活力。

风渐渐地趋向了平稳，其中开始夹杂了雪花，轻柔却

第五章
到羊背上去

密而不透的雪片。什么都看不见了。那两个快被冻僵了的牧羊人，从那个巨石堆上下来了，穿着靴子的牧羊人咒骂着，北欧人陷入了可怕的沉默。他们面临的是日夜兼程，所有的牧羊犬持续地工作；他们面临的是毁灭性的灾难。夜幕早早地降临了，暴风裹挟的雪片越来越厚。寒冷而惊慌中，羊群拒绝前行。他们自取灭亡地坚持着选择了蜷缩在一起。他们眼前的是一个长凳形状的岔路口。在他们左侧的是一条河流的陡岸，而前方一英里则是一个深深的安全的凹陷地。到达了这个凹陷地，他们就是安全的了；如果走错了方向，那他们就注定走向灭亡。

牧羊人和牧羊犬们一样投入了战斗。图斯科，作为牧羊犬的首领，虽然嫉妒心强，又尖酸刻薄，但他对于主人交给他的羊群还是充满了热情，他也在努力奋战着。这可怕的夜晚把牧羊人和牧羊犬一同投入到了悲剧中。

死灰般的天幕之下竟也透出了星星点点的月光，模糊不清却也算得上绚丽夺目，几步远的地方不知是一只羊还是一只牧羊犬在这白茫茫的暴风雪中突兀地站了出来。两个牧羊人都在和狗狗们并肩战斗，在这样的夜晚，他们把所有力气都集中在了羊群的左后方，以此来防止羊

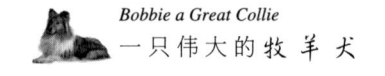

群们走入歧途，让他们远离危险的陡岸。

然而，这还是不够保证他们的安全。如果他们不向前移动，他们就不会老老实实地站在原地。波比已经领教了这份最为疯狂的新工作。那个穿着靴子的牧羊人，在绝望中不断咆哮着，跌跌撞撞地咒骂着，他也变得无处不在，指挥着牧羊犬们，命令着他们或坐或站，必须守住自己的岗位。他要选择几只牧羊犬到羊背上去，不过他知道，没有哪只是足够迅速，足够安全的。波比是他选择的四只之一，图斯科在他的前面，因为他有所准备并且知道要怎么做。

"到羊背上去，"穿着靴子的牧羊人喊道，"你，还有你，你是牧羊犬，上帝啊，让他们跳到羊背上去！"

波比跟随着图斯科出发了。图斯科跳上羊背，在上面对着这大片的羊群厉声大叫。随后，波比也跳上了这片瞬间被雪覆盖成了白色海洋的羊背上。之后，他随着图斯科改变了路线，全面展开作战，因为他知道这项工作是什么——但他不知道从哪里知道的，也不知道什么时候知道的，只知道那是在一个很久远的光辉时期，他也曾跳上羊背，从一只羊跳上另一只，撕咬着他们的耳朵，野蛮地吼叫着。

第五章
到羊背上去

就这样，一整个晚上，这几只被选拔出来的牧羊犬就在这地毯一样的羊群后背上努力奋战着。可那完全不起作用。羊群紧紧地拥在了一起，坚如磐石。白雪如毯子一样盖在了他们的身上。羊群们因他们的取暖方式缺乏空气而窒息，跪在了地上。尽管牧羊犬们一再努力，也无法撼动这大片磐石，羊群们不愿再做任何移动，更不愿分开，哪怕他们稍微分开一点点，那也可以让他们稍微透透气。只有羊群的左侧在成功地移动着，波比一直在后方驱赶着他们，直至走向暗淡的黎明。羊群中的大部分都被埋在了白雪之下，一些就这样死掉了；那两个牧羊人，每人手里拿着一个灯笼，这样才让羊群保持了活力并拥挤着一路向前。

但是这些羊，被驱赶着前行了数个小时，虽然没有投向死亡，最终却陷入了一片恐慌。突然，穿着靴子的牧羊人发出一阵狂乱的喊叫和咒骂声，让波比去把图斯科叫回来。那时，他的灯笼在疯狂前行的羊群中间被踩碎了，牧羊人站在那里，绝望地咒骂着，懊恼地自责着，沮丧地呜咽着。他站在了陡岸的边缘。羊群们白色的后背像是浓稠的糖浆，慢慢地从他的眼前流过，还有一些向他迎面扑来，慢慢地滑下了陡崖，一个接一个地逐渐

Bobbie a Great Collie
一只伟大的牧羊犬

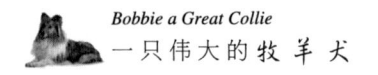

消失了。

波比不知道会发生这样的事，他看不见陡岸。图斯科知道。他冲进了羊群，挣扎着打拼出了一条通向主人的路。波比也跟在他身后一起战斗着，他以一种野蛮的未被驯化的方式在战斗，将所有的力量和热情都投入到了奋战中。他跳上了羊背，超过图斯科，率先到达牧羊人身边。在那儿，牧羊人正在大声地召唤着图斯科，喉咙和鼻子里都带着一种急促的喘息声。

大部分羊群直接从牧羊人身边挤了过去。绝望而又无能为力，他无法逃避。他挣扎着，咒骂着，恳求着，羊群还是在继续疯狂地从他身边漫步而过，似乎有种停不下来的力量在推动着他们，继而逐渐消失在了悬崖中。他们无法被调转方向。牧羊人已经撤退到了无法再后退的地步了。但是当疯狂中的波比在牧羊人身边咬死几只羊后，情况稍有好转。这微弱的力量，没能挽救羊群，却让重压之下的牧羊人松了一口气。

羊群慢慢地向左转了方向，距离波比和牧羊人几步之遥，图斯科正在那里苦战着。在他的忠诚的信仰和为人类尽职的狂热中，他懂得了很多东西；但没有学到像狼那样一剑封喉的技巧。就这样，波比看见了，牧羊人也

第五章
到羊背上去

看见了,图斯科被撞倒了,又被一只大大的母羊踩在脚下,他一跃而起,龇牙咧嘴,咆哮着阻止羊群继续向前,慢慢地,他越过了陡崖。牧羊人陷入了极度疯狂,带着一种谋杀犯的罪恶感,他想冲出一条路去,可是他失败了。

牧羊人蹲坐在那里,波比就趴在了他旁边的雪地上,被眼前的灾难震惊了,因这几天的极度兴奋而被冲淡的一切过往,又在他脑海中浮现了。他的血液不再沸腾了,一丝厌倦油然而生,留下来的只有羊身上的那种臭气。恍惚间,他又似乎穿行在了长满常绿植物的农场中,在农场的荆棘丛中他发现一个小孩呻吟着,奄奄一息。他飞奔回屋,一直缠着布雷热夫人,直到她跟着他找到了那个孩子,并挽救了他……

他从雪中站了起来,简单地回头看了看黑胡须的牧羊人,慢慢地走开了,然后一路向西奔跑而去。

"喂!"牧羊人突然叫道。他知道。他自然明白狗狗们的想法。"不要走。"他清醒地说着。

波比等了等。牧羊人拖着身子走向他,一只手搂在他的脖子上。"你是牧羊犬,你是牧羊犬,"他粗声粗气地低声说道,"留下来做我的牧羊犬,老兄。"

波比伸出了舌头跟牧羊人表示了吻别，哀嚎一声。他冷静下来，推开了牧羊人的手臂，再也没有回头。牧羊人痛苦地转身离去时，他已经变成了西方山坡上的一个朦朦胧胧的黑点。

第六章

拓荒之路

Bobbie a Great Collie
一只伟大的牧羊犬

第六章
拓荒之路

一如往常,暴风雪还在肆虐。托马斯·巴特利用他灰色的小眼睛从他生活的马厩棚屋敞开的双层门向外面看了看。淡蓝色的夜幕悄然降临了整个村庄,各家各户的窗子里早已亮起了黄色的油灯。巴特利关上了门,后来又打开了一层。街上,白雪如奶油般层峦起伏,一位骑士,骑着一匹蔫头蔫脑的矮种马沿街向西飞驰而来。

巴特利蹒跚地走了过来,把门敞开了。矮种马进入马厩时,他看了看那匹马。他蹒跚着走向最里面的一间畜栏,刚刚那位骑士就把他的马拴在了那里。巴特利的脚步一瘸一拐的,因为他一只脚穿着无声的莫卡辛鞋,另一只穿着木制鞋底的皮靴。

"我是哈利戴,"那位客人这样做了简短的介绍。和巴特利比起来,他很年轻,很强壮,也很冷酷,"把马放在这里。待一整晚,明天一大早离开"。

巴特利轻轻摸了一下小马热气腾腾的肚子,看了看马鞍后面那些任性堆放的货物,他轻声地说:"马明天一早会死去,先生。"

"死去?"哈利戴断断续续地质问着这个充满抱怨的贩马人。

巴特利放下了他的文雅。他举起他的木底鞋,一下摔在了地上:"我说过了,你骑得太快了,把他的肺冻住了。你干的好事,这样的天气不能那样骑马。"

哈利戴摘下了手套,露出了脸。他气得脸通红。在上一个小镇,他也曾被警告过骑马过快。"为什么,马一定不冷。他的血液像是工厂里的机器一直在沸腾着。这能够防止——无论人或马——被冻僵,不断地运动,不停地血液循环。"

"是的,"巴特利拖长了腔调慢慢地说道,"他呼吸如此困难,他的肺已经适应了零下六十度的寒冷空气,几乎冻住了,一旦进入一个温暖的环境,肺部解冻了,他就会死掉。就在今晚,先生。"他最后又摔了一下他的木底鞋,以示权威。

"嗯!"哈利戴回应道,争论就此作罢。"我想要一条狗。之前的那只猎狐犬,今天死掉了,蜷缩着冻僵了。要有颈毛的。你们这附近应该没有带颈毛的狗吧?"

"当然有,"巴特利回答道,嗅到了金钱的气味,"你可以把你自己或者你的马冻死,但是绝不能把他冻死。他是走失的,几天前刚跑来的,当时已经精疲力竭,从来那天起就一直吃吃睡睡。他是一只牧羊犬,指不定是从哪个组织里走失的——他们如果找到他，一定愿意为这样的牧羊犬酬谢一大笔钱。"

"嗯！"哈利戴轻声用鼻子哼了一下，嗅到了高速公路打劫犯的味道，"把他放出来。"

"嘿，小狗。"贩马人用慈父般的语调说道，声音嘶哑。

在一个角落里，堆着一堆香甜的紫苜蓿。吃饱喝足的波比慢慢地走着，伸着懒腰，打着呵欠，走到了巴特利身边。

"跟这个家伙打个招呼。"巴特利要求道。

波比叫了两声，得到了一个大猪蹄，然后他把视线转向了另一个新来之客，那个喘着粗气的矮种马。哈利戴没有动，没有弯下腰，更没有把手放在他身上，没说一句话。他只是僵硬地站在那里，仔细地考量着这只狗，就像他在买一块牛排之前所做的思考一样。

"跟他说说话，"巴特利着急地建议道，"他很不错，不过，如果你一直这样高傲地对待他，他不会为你做任何事情。"

"你好，小狗。"哈利戴不情愿地打着招呼。

波比摇晃着短尾巴，碰了碰矮种马的鼻子，以此来对他做着自我介绍。听见了哈利戴的招呼声，他突然停了下来。转身走回到那堆紫苜蓿，又进到了一个精心编制、耗时不少的窝里面。

"五美元，"那个贩马人低声说道，"你要朝哪个方向走？今天一个要买走他的牧羊人想要带他向东走，不过他说什么也不向东走，后来我还得把钱退给了人家。"

"好吧，"这个旅者说道，"明早见。我要在哪里吃饭睡觉呢？"

"威德家的旅馆，向北走两个街区。"

哈利戴大步走了出去。巴特利在寒风中把门紧紧地关严了。"哎，你这该死的花花公子，"他自言自语地说，"明天一早，我还要再卖给你另一匹马。"

天亮之前，贩马人径直从阁楼上爬下了梯子，生了小火，准备了面包、咖啡，还煎了几片熏肉。除了咖啡，他和波比分享了所有的早餐；波比上前来打着呵欠，向他的朋友做着各种日常的早安礼仪。

"准备好再次出发了吗，小狗？"那个人假装亲密地问着。"我知道那个纨绔子弟不会杀掉你，你也不会愿意永远待在这里。早点走吧，那或许就意味着你会帮我赚十美元。"

第六章
拓荒之路

哈利戴九点了才大步走了进来,衣领差点把眉毛都包裹得严严实实的。他已经准备好要出发了。巴特利带他到里面的畜栏去,他的马蜷缩在那里已经僵硬了,躺在木板上,全身布满了冰碴,都是晶莹剔透的霜圈,如烙铁一样的热空气遇到了体内的冷空气就自然发生这样的效果。那个老人以慢得让人恼怒的速度给马套上了挽具,又把尸体钩在了上面,沿着一条蜿蜒的小路,拖出小镇,送给了草原野狼。接下来,他卖给哈利戴两匹马。他不会卖给他一匹。哈利戴有着多得惊人的行李,有旅行箱,有旅行袋,这些他都会放在马鞍后面,像他对待那匹东部矮种马一样。

"或者买两匹,或者一匹都不买,"巴特利强调道,"你可以杀掉你自己,不过我卖的马可不是让你用来杀掉的。两百美元,另外送你一副马鞍。"

"强盗,你最好地诠释了这个词。"那个年轻人大发雷霆,"在这个地区,你的这种马只值五美元一匹,随处可见,大量分布,根本不值钱。"

"是的。那今早你就去外面抓两匹回来。"巴特利表示了赞同。

最后,哈利戴只好同意,要带着他的缰绳上山,巴特利告诉波比跟着那个人。波比已经休息好了，他的爪子也恢复了，他可以去任何地方了。哈利戴坐在马鞍上开始仔细回想，那个贩马人就是一个一心想着回报的小人。

"鉴于村庄里的人们都会对我的造访无比好奇，"他告诉巴特利，"你可以在我离开后委婉地把这个消息传播开来。我来这里是来接替州长职位的，还要接管摩根家族的产业。法令条文就在我的公文包里。不过我只对州长的职位感兴趣。"

巴特利大为震惊，蹒跚着走了两下。几乎忘记了自己是谁，他继续说："古老的摩根家族①，开创了这个地区，击退了印第安人，制服了盗牛贼，捍卫了地区的安全并保障了地区的稳步发展，也可以说带来了民主。就是因为他们一直抓着牧牛业不放而不注重牧羊业，所以，他们现在已经在走下坡路了。你不会——"

"你可能不知道，"哈利戴笑了笑，摇了一下他的马镫，"上到国家政治，你可能不知道；不过商业就是商业。

---

① 摩根家族是一个商人家族，其祖先于17世纪初在新大陆的淘金浪潮中移民美国，定居在马萨诸塞州。到约翰·皮尔庞特·摩根的祖父约瑟夫·摩根的时候，卖掉了在马萨诸塞州的农场，定居哈特福。代表人物有约翰·皮尔庞特·摩根。

第六章
拓荒之路

向东不远处就有几处房产，他们想要归到摩根家族的统治范围内，其他的已经归到他们的名下了……哦，对了。在这个村庄里，我一共见到的五个男性公民中，有四个，我注意到的，带着木制腿。好奇怪。你能帮我解释一下吗？"

"额，"巴特利结结巴巴地说，"这很简单。是被鳄鱼咬掉的。当心那些鳄鱼。摩根家族统治区里有很多鳄鱼。当然，事情不完全是这样的。"他勉强地继续说："我们把我们的腿抵押给像你这样的有钱人，然后他们来收款时，我们只好把腿锯掉。额。"

哈利戴骑马沿街向北走去，努力地控制着那匹来自牧区的矮种马。带着坚忍不拔和精明卓绝，那匹矮种马向前走去。那个贩马人在门口咒骂着自己。"哎，你最好去外面看看，你这个该死的纨绔子弟。你一定会把自己的腿冻掉。连同靴子和你穿的所有的衣服全部冻掉，你就是那样的傻子。"

直到中午，哈利戴的第一个难题变成了接下来一整路的问题所在。大部分地表都覆盖上了雪，还要驾驭着两匹马前行；没有篱笆，没有柱子，也没有任何的指示标志，雪地里甚至没有任何人或者野兽的足迹。这个人无法确定他是否走在大路上。他从未停止鞭打他座下那毛发蓬乱的矮种马，时不时地还要跟波比尖叫几声。

波比一直跟在他的后面，走着，伸展着，体内的困意被全部驱散了，全身的肌肉都因长时间的休息而焕发了活力。对于这个人，他没有任何感觉。他和那两匹马交了朋友，但也只是陌路之交，互相之间不涉及任何责任的存在。但凡这个使命在身的年轻政客对狗狗表现出一点点礼貌、谦恭的迹象，波比都会帮助他，正好他的目标也是一路向西。波比或许也会遵从他的命令，按他的指示向前驱赶满载货物的矮种马。

事实是，他从不理会那人的喊叫和咒骂，矮种马也带着紧绷的缰绳用力向后拖拽。哈利戴特别着急，他还有三十八英里才能到达就职地点。他们离开马厩的时候已经快到中午了。此时，路已消失在这无边无际的广阔天地，留在他面前的，只有那一片刺眼的白色。在这雪地之上，寒风悄然掠过，便随时间愈加强烈。

波比正在一路向西行进着。他甚至不知道自己怎么到达了这样荒无人烟的境地。随着肌肉愈加轻快，他急着想要离开，他想要把这茫茫白色原野甩在飞驰的脚下。此时，他停下了脚步，透过这一片雪白，他看到了寒风

第六章
拓荒之路

越来越重的脚步声，眼前空无一物。还没等到夜幕降临这片白色原野，他就离开了哈利戴。之后哈利戴经过了第一个山洞，在里面看见一个曾经的迷路之人留下的扭曲的路线图，在这本路线图的指示下，他迷失在了向南行驶的怪圈中。波比继续向西。在暗淡的光线下，他走得仍然很慢。此时，没有了哈利戴的误导，他走得慢是因为，他被这个地区的一切新鲜事物所包围，比如那些奇怪的高深莫测的野兽。他用力地嗅着，竟然找回了一些迷失已久的气味，但都已化在风中令人抓狂。有那么一瞬间，他听见了一个模糊而遥远的呼喊声。他不能辨认出这声音。他从没听过这样的声音。但是他脖颈上的长毛竖了起来，他的血液再次咆哮着，这叫声深深地触动着他，触动了他遥远的朦胧不清的记忆，不能确定，却一直在奇怪地指引着他。

他马上就要回到家了。这是他生存的最大意义所在，也是这几个月来苦苦追寻的目标；现在，他的鼻子可以准确无误且确信无疑地指向家的方向，那是让他魂牵梦萦的地方。无论是梦是醒，家从来没有离开过他的记忆，他也从未有所动摇。随着那个牧野之声的再次传来和愈发临近，他越来越能肯定自己现在正身处危险境地和冲突的边缘。狂风呼啸而过；这无边的旷野，以及脚下冰雪侵蚀的地表，一切都要他做好万全的准备。那一整天，没有一幢房屋，没有一根木桩，也没有人类经过的标记和任何信号；他已到达了大陆之脊——寒风刺骨、冰雪万里的世界屋脊，在这里，他有一种既朦胧又肯定的感觉，他必须在各种困难中慢慢地匍匐前行。

他向西滑下一个长长的陡坡，来到一个长着几棵杨树、棉木和羽叶槭的深谷断口处，从西北向东南，这个山谷画出了一道长长的弧线；在这山谷里面，暴风雪的冲击力更加明显了。波比穿过了他藏身的悬崖继续滑行，突然他跌了一下，一直滑到了雪坡的底部。

顷刻间，他站了起来，龇牙咧嘴，颈毛直立。他撞到了什么东西。他不知道是什么，但就在他周围，他嗅到了一种狂野的味道，而且是一个强而有力的躯体，这就是他朦胧中预感到的众多危险的其中之一——变幻莫测的野兽。

波比看见他了，他差不多是黑色的，比波比更长，更高，毛发蓬松。野兽小跑时，就能看见那一双象牙色的眼睛闪着锋利的光芒，遇见了波比，他停下了，眼睛泛起或红或绿的光，不停地上下打量着波比。然后从一些

第六章
拓荒之路

其他的野兽喉咙里,再然后,从藏在光秃秃的杨树后面的野兽喉咙里,都接二连三地迸发出了嚎叫声,或大喊声,或警告声:如果非要给这强烈的悲伤和痛苦的哀嚎下个定义,那只能说是灾难和威胁错综相连的集合体。第一个野兽还在波比的前面,而波比只保持着按兵不动,不断四处张望,窥探着敌情,那个声音再次响起,"啊……呜……呜……"这是一种美妙的音乐,古老的旋律中夹杂着不幸和悲伤;但是,更为准确地说,这是一曲极富血腥气息和无情冷血的曲调。

狼的声音让波比僵住了。与之相结合的,是来自以前那些荒蛮时代的旋律,那是所有种族的狗狗们都颇为熟悉的声音。在这曲调中,屠杀者的幸灾乐祸和被杀者最后的祈求纵横交错。那条黑色的饿狼向波比猛扑了过去。

他知道这样的旋律悠远绵长,遥不可及。不知道什么时候,也不知道在哪里,他也曾经从刺痛的喉咙中发出过这样的声音,在整个白色原野之上,回旋飘荡。现在,在他与狼争斗的过程中,这旋律带给他的是一种原始的力量和凶残;所以,他用尖牙的猛刺和侧面撕咬,都像是被这旋律点燃了的火焰,力量超过任何一次和狗狗们的对决。

他们擦肩而过，又转身互相扭斗，用尽全力相互猛扑。沉重的饿狼并没能将波比击倒。以同样敏捷的速度，波比扭身向左，同时猛然一击，差点咬住饿狼肩膀。现在，第二次，他已经咬中饿狼肩膀，差一点点就到了喉咙的位置；也有那么一次，饿狼几乎要对波比一击致命，险些撕掉他肚子上的整张皮。

模糊的身影，锋利的眼神，正在向他靠近。寒风呼啸中，一片沉寂，映入眼帘的只有相互激战后的血盆大口。在这场战役中，黑狼没有任何的哀嚎咆哮。波比也没有，他就以那洪荒的状态一阵横扫，忘记了怒吼，也忘记了咆哮，这明显是狗狗们的作战方式。

躲闪之际，黑狼从四周偷偷地贴近。波比没有逃跑，相反，他用肩膀去应战，用嘴巴攻击他的肩膀。之后，他们突然撕咬在了一起。这次，他们的头紧贴在一起，面目凶残至极，一番厮杀后，他们都互相后退了。尖牙如刀锋般交相辉映，每一次下口，目标明确，直抵喉咙。那匹狼在防守的瞬间倒在了波比的尖牙之下，下巴上那松弛的皮肤在不断地扭曲着。这次的伤口没有致命的深度；黑狼的皮肤还在扭曲地疼痛着，波比的嘴巴又一次咬在

第六章
拓荒之路

了他旁边的雪地上，继而，咬在了黑狼的脸上。

最终，在一招让他取得决定性胜利的真正意义上的擒狼招式中，波比咬中了他的头颅，上颚的尖牙插进眼睛，下颚的尖牙锁住口鼻、牙齿。他撬开了黑狼的嘴巴，致其一目失明；一个伸展，他把自己硕大的身体扑到了黑狼的背上，朝着喉咙猛地一击。

波比第一次面临群狼的紧密围攻。他们没有向波比移动，也没有去给他们倒下的首领收尸。随着一只小狼发出那么一两声惧怕的抽噎声，其他的就紧随其后；狼群偷偷摸摸地分开两边，向东南方向撤走了，消失在了那些杂乱无章的树干中间。波比脚下的那匹狼，全身紧绷地躺在那里，奄奄一息，痉挛性地抬起后腿做着无谓的挣扎，抓了一下波比的肋骨。波比，没有像狼那样的绝情，放开了他，向下看了看那处深谷，他沿路向下离开了；感受着那奇怪而极具感情色彩的兄弟情义，波比开启了他新的征程。身后，那匹恶狼仍在痛苦地呻吟着，原地打转。他仅剩的一只眼睛中，怒火中烧依稀可见，只是再也不用上下打量了。在悬崖之上，他挣扎着，挣扎着，要远远地躲开那些狼群，直到伤口愈合：因为在狼群中有其固定的法则，弱者和伤者不能存活。

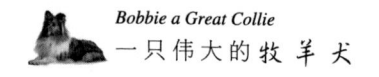

狼群如影子一般再次浮现，离他们的猎物只有很短的距离。波比出现了，就站在他们中间那个最显眼的地方，他看见了那个人倒在了一棵杨树下，背靠大树。

第七章

木腿的世界

Bobbie a Great Collie
一只伟大的牧羊犬

第七章
木腿的世界

哈利戴惧怕着黑夜,惧怕着狂风,眼前的路,如同所有对国家有着敌对情绪的人们一样消极、懈怠。人们都在愚昧地向后退缩。国家在被咒骂着。举个例子,人们经常有意无意地这样说,如果摩根上校知道所有的一切,他就应该知道什么时候放下牧牛业而去转向牧羊业。如果当地人勤快点沿路边竖起一两根指示标,路人就能找到从这个牧场到那个牧场之间的路。甚至连这该死的马也令他烦躁——他越是鞭打,对他来说,马就会变得越慢越迟钝。

他曾遇到过四匹野马,伴着暴风雪,漫无目的地游荡在这原野之上。他们是东部的马,但他不懂这些。如果他们不是,那么他们就不会一直在风雪中漫步至死。他曾质疑,他们是不是脑子有问题。然而,他自己还在那执迷不悟,对抗着狂风。

有时,他会用脚踢打着马儿的肚子。他的脚太冷了。他穿着蕾丝靴子,鞋底用钉子加固,而不是像当地人在暴风雪中穿的那种莫卡辛鞋,里面再穿好几双袜子。哈利戴的袜子是羊毛的,很厚,但只穿了一双,根本不足以抵御从钉子鞋底钻进鞋里的阵阵寒流。

Bobbie a Great Collie
一只伟大的牧羊犬

第七章
木腿的世界

他能感觉到每颗钉子。每颗钉子都是一个绝对的制冷高手，外面的空气——零下五十度——似乎都在争先恐后地跑进他的鞋底，他的脚已经无比刺痛。过一会儿，他停下来想要感受一下寒流灌进鞋底的感觉，因为现在他的脚已经麻木了，僵硬了，特别冷。他徒劳地踢打着马儿的肚子想要以此来取暖，却毫无效果。他要促进腿部的血液循环，他认为他的脚需要的是流动的热血。但是现在他的血液已经再也不会流向脚底了；太晚了。因为对于人们来说，在这个木腿的世界①里，即使穿着莫卡辛鞋，也会把脚冻掉。

然而，他还以为他要胜利了。他慢慢地踢打着他那冻僵的双脚，疼痛消失了，开始有了一股暖流，流啊流，他甚至以为他的脚会出汗。然后他让双脚悬在马镫旁边，因这股暖流而使他沾沾自喜。血液循环，热血沸腾，那就是他所需要的。此时他考虑到，即使他能从这暴风雪中走出去，他也会毫无疑问地迷失方向；风雪会持续数日。其中一片漫无天日。那几匹东部的马儿知道这些。最明智的决定是转回镇上，待在马厩里。

他不会让矮种马转向。他牵扯着缰绳，咒骂着，驱打

---

① 原指许多居民戴着木制假肢生活，这里指极度寒冷。

着。矮种马顽强地反抗着，一头扎进暴风雪里。他知道自己是一匹来自牧区的马，所以他一直虚弱而愤怒地载着哈利戴一路向前，要把他带回牧区，那里放牧着一大群牧马。

他们站在了一处河流陡岸的避风处，头低垂着靠在一起，伸出脚去随时准备着防御敌人。他看见了松软的雪中马蹄踩出的一个个小洞，每隔几个小时，这两匹马就要休息一次，再跑两百码①，再休息；就这样反反复复，缰绳紧绷，头向前用力，腿使劲后蹬。

矮种马兴奋地跑向了牧区，轻声嘶叫了一下，迅速跑进了这温暖如果酱般的洋流中。哈利戴爬了下来。靠那双毫无知觉的脚摇摇晃晃地前行着，他挣扎着把那匹马拖走了。他不能停下来，只带了简易旅行箱，又开始了他的长途跋涉。最终，他们走上了山谷，远离了那温暖的牧场。在牧场的左侧，就是摩根上校政权统治下的房产。哈利戴奋力地把自己拖出了大雪堆积的山谷。经过一个小时的走走停停，他突然倒在了一棵大树下。

他暖和了。他想，这一系列的长途跋涉一定令他的血液随之沸腾。在最后的时刻，腿上的、胳膊上和脸上的

---

① 码：长度单位，1码等于3英尺，合0.9144米。

第七章
木腿的世界

所有寒冷一定都已被驱散。随着暖流爬遍全身,他感觉到了,热血占领了他的整个身体;但是他却在无法言表地颤抖着。他睡着了。

从香甜的睡梦中苏醒过来后,他看到了一双闪着金色荧光的眼睛正在注视着他,他认出了坐在他面前的波比。他尝试着说话,又怕自讨没趣而苦恼地笑了笑,因此他既没发出声音,嘴唇也没有动。但在内心深处,他在轻声低语,仍然带着一点傲慢:"你好,小狗。"

他的嘴唇仍然纹丝未动。他想说,但又怕说。也许在睡梦里,他听到或读到了什么。这个旅行者感觉到了一丝暖意而甜蜜地躺下了。……他几乎被冻——死了!他用那只戴着硬邦邦的手套的手敲了敲自己的脸。他的脸也一样是硬邦邦的。他朝着波比东倒西歪地走了过去。他用一只手臂搂住了波比,缓缓地向前爬着,紧紧地抱着这只大狗,抱着他的腿或者他的脖子,然后又挣扎着回去了。他没有思考过自己为什么从来没能爬到过镇上。他只知道,他需要爬到镇上去,他需要朝着那个方向前行,不过他总有一种莫名的惧怕,自然而然地产生。狼群第二次靠近,波比跳上了其中最勇猛的一只肩膀上,把他们都赶下了山。波比不是狼,而是狗;这个生物,虽然也只能可怜地爬行着，但他也是人。

　　黎明渐近，风趋平稳；但是这刺骨的寒冷依然未变。之后他们到达了山谷的一端，在那里，野马们正在热身准备赛跑。在野马们的气味之上，波比还闻到了另外一种味道——他听见了语言，那就意味着前面有房子、男人和女人。他激动地叫着。

　　听到叫声，马上有两人出现了，他们救下了哈利戴，一个人手里还拿着从屋里迅速抓起的猎枪，另一个长着山羊胡的老伙计，满腹经验，摇着头说："看起来像是一个城里人！无论如何也要丢掉一条腿了。"

　　匆忙中，他们没有注意到还有一只狗。波比一直注视着他们，直到他们从小山丘进到了屋里去。一阵极强的诱惑向他袭来，但他还是转身大步跑走了。一只潜伏在山谷中的母狼，正在等待着他。现在的他饿极了；黎明逐渐清晰，拂晓愈发光明，空气折射着阳光。返回那个找到哈利戴的地点，他用鼻子简单地嗅了一下被咬成碎片的公文包，继续大步向前，一路向西而去。

第八章

一年一度的饥荒

Bobbie a Great Collie
一只伟大的牧羊犬

第八章
一年一度的饥荒

那只母狼在尾随着波比。随着清晨脚步的渐渐临近，波比的饥饿和迷茫也接近了峰值，她出现了。大步跳到他的旁边，最终消失在了小路的尽头。不知不觉间，他也在尾随着那只母狼。直至白昼悄悄地褪去了颜色，她带着他穿过了寒风呼啸的分水岭，来到了一片安然之地。

这里开始出现了森林。一片一片、星星点点地分布着短叶松和杜松，树木在这片白雪覆盖的肥沃土壤中拔地而起。但这片森林里却鲜有食物：主要能看见的就是野兔和一些草原松鸡，它们都会把自己很好地隐藏起来。首先，在黄昏之前，波比从母狼那里学会了猎捕松鸡的技巧，尽管这样，当天他也没能抓到一只松鸡。那只狼突然间停了下来，她注意到了一棵更粗壮的杜松下面的松软雪地上泛起一阵波澜。那是一只松鸡在挖洞，随后它就钻进了雪中，用力往里面挤了几尺的深度，再来一个灵活的转弯，最终就待在这雪制洞穴里面取暖，藏身。

四周一片寂静，那只母狼轻轻地靠近，头脑中思考着当时的情况。波比继续看着，目瞪口呆。他不知道即将发生什么。但是，因为他正处于极度的饥饿状态，他猜测那一定和食物有关。

Bobbie a Great Collie
一只伟大的牧羊犬

确定了松鸡的准确位置后,母狼如离弦之箭飞奔向前,对准鼻子嗅到的微弱气味猛扑了过去,正好扑到了松鸡的身上。翅膀一阵扑打,扬起雪花飞溅,瞬间,松鸡在饿狼的喉咙下被撕成了碎片。虽然波比急切地跳了出来,不过他只吃到了一个鸡爪和一个翅膀,那也只不过是从母狼的爪缝间不小心掉出来的。

之后,那只母狼趴在了杜松的一侧,仔细地观察着,波比就趴在了松树的另一侧。很明显,这棵松树成了他们的根据地。他们仔细地观察着所有的风吹草动。波比更是急切地渴望着发现一只松鸡,然后他现学现用这回报颇丰的技巧。

他发现了一处雪地有在不断搅动的迹象。他绞尽脑汁想要判断出小鸟的位置。他的判断能力很好,但是他不是狼,没有狼那么敏锐的鼻子,更缺少千锤百炼的经验。起跳时,他的爪子已经做好了万全的准备,小鸟突然如子弹一般从他的前爪间飞了出去,离他的尖牙只有那么一英寸①的距离。他只能继续忍饥挨饿,看着小鸟高高地飞上了杜松,消失在了树枝中。

大部分夜晚他们都在奔跑。他们不孤单。听见了一个

---

① 英寸:长度单位,1英寸等于0.0254米。

第八章
一年一度的饥荒

遥远的声音，他们转了方向，母狼带着波比来到了一个狼群中间，他们几乎都没太注意他。人类的狗狗曾经是狼群最为厌恶的东西，只能作为他们的猎物；但是现在，黑色的头狼已经消失了，被波比的尖牙征服了；他又和那只母狼为伴，现在最为棘手的任务就是继续他们的游戏。因此，狼群没有扑向波比。他也跟随着他们：因为他的肚子急需食物；全身的组织都在变紧变硬，就因为这无尽的奔跑和刺骨的寒冷。

那天晚上，狼群没有找到暖和的小路，更没有找到任何猎物。短暂睡眠之后，所有成员都上路了，四散开来，准备寻找早餐。在一棵松树下面的雪洞里，是那只母狼跳到他的身上叫醒了波比，他如弹弓般一弹而起，龇牙咧嘴准备迎敌。他第一次仔细观察了一下这只母狼：她全身毛发厚重，柔软，比她的兄弟们的鼻子更尖，跑起来时，就变成了一道灰色的音符，似乎可以毫不费力，永不疲劳。她伸出了舌头舔了舔这只受惊的牧羊犬，继续快步走向了森林中。他紧随其后。

两只敏捷的小狼可以抓到了一只小兔子。虽说那只母狼教会了波比技巧，但是波比练习了一整天，也没能像母狼那样的熟练。当她跳向小兔子的时候，她会首先进行短暂的跟踪，慢慢地走。在她的旁边，波比奔跑着，企图在追逐中起跳，这种做法被母狼优越的本能制止了。她对着他一阵大吼。他知道自己做错了事情。这是他从她的语气中听出来的，但是他到底用错了哪种策略他却不得而知。

兔子逃跑了。下一只，出现在一个小时之后，几英里深处的丛林中，没能跑掉，但波比也没能吃到哪怕一口食物。

当兔子跳跃前进的时候，树下会闪出一道灰色的光线。波比跟随着母狼，期待着她这次能对他做出某些指示，他又被她轻轻地责备了一番；她贴近波比的肩膀，警觉性地牙关紧闭。

他没能明白。她去追赶野兔了。他也追了上去。她警告他回去。他回去了，她扑了上去。他跟着她，她又不耐烦地赶他回去。被一再阻拦之后，他自己找到了兔子的行踪，慢慢地尾随其后。母狼却消失了。

不久之后，兔子不见了，被等在前面的母狼吃掉了。之后她还用鼻子拱了拱地上深红色的雪，找找最后残留的兔子碎渣。波比被震惊了，更被激怒了，也感觉更饿了。但就在波比怒吼之际，她已经跳回刚才发现野兔的

第八章
一年一度的饥荒

灌木丛中。她又一次带着他向前走去,仔细地嗅着小径上每一个弧线印记和每一个点。波比也学着她的样子,用鼻子嗅着这条小径,但是也没能从中发现什么新名堂。野兔在雪地里弄出了两个扇形藏身处。在第二个藏身处,他跳了出来,不偏不倚地跳到了母狼的爪子上。

一路追赶着翻上了山顶,他们俩在路上遇到了两只小狼,正因脚下飞驰而过的兔子而大惊失色。突然间,在斜坡的位置他们中的一只紧跟在兔子后方,确保兔子在自己的视线范围内而不把兔子逼急,避免他飞一般地逃离而去。兔子此时正为自己甩掉了敌人而暗自窃喜。可当兔子来到自己的第一个藏身处的顶端时,他看见了自己陷入了母狼的圈套中。

就在这时,另一只狼已经向兔子逼了过来,他已经了解了第一只狼的路线,兔子的第一个藏身处,以及身后不远处那个经过精密设计的第二个藏身处。对于这样的藏身处来说,在长耳兔那反复无常的脑子里,他以为这是一种策略,一种防御恶狼袭击的战术,没想到反过来却被他们利用了。但就在那一瞬间,地位仅在波比和母狼之下的那只狼正在等待着。之后,那只从自己设计的藏身处被抓到的狡猾的野兔,突然间从狼的爪子间伺机逃走。

那只训练有素的狼展开了全力追击，一把从他的同伴爪子下抢出了半只兔子，瞬间，长耳兔从大家的视线中消失了，消失在了这群山环绕的世界中。波比欣赏地嚎叫了一下。他明白了游戏规则。他和其他成员一样处于饥饿和对食物的渴望中。但是马上要到中午了，对于猎捕下一只兔子的计划，那只母狼会把大家围成一个圈，他明白了这是要大家轮流出击，无论野兔是死还是逃。就算他及时赶到现场，他也不会从狼那贪婪的嘴巴中多分得一只后腿。

在下一次轮到他时，他做了精确的判断，细微到他能确保只要一次跳跃就足够抓住一闪而过的兔子。这次，又是那样，当那只母狼扑过来时，他只分得了一只前腿，母狼把其他部分都分走了，随后就像魔法般消失了。

他明白了，这就是游戏规则，他们分享大家的技术。大家一起出力却不能一起分享战利品。猎物倒下的瞬间，无论是谁捕获的，都是强者能食，没有什么狠心或心慈手软的感觉；越是饥饿的那个能吃到的就越少。他决心不再成为最后一个了。下一只兔子，他抢到了一大半。又轮到他了，他完全失败了，因为他判断出错了，他以

第八章
一年一度的饥荒

仅仅十码的距离错误地估算了兔子藏身处的尽头。这一天结束了。简单地小睡了一会儿之后,他又继续了一整夜徒劳的奔跑,接下来又是一整天追捕野兔,所得的那些战利品仅能帮助他们维持生计。

一时间,他们的脚步踏遍了所有的山川河流,也曾从山巅坠落过谷底,恍惚间好似山峦拔地而起;森林更加茂密,树木更加郁郁葱葱。一时间,波比已被森林之狼完全接纳,他越来越像狼,而不再像一只狗,心底里那一路向西的愿望也被深深地埋藏于求生欲望之下了。这样的欲望主导着他的白天,也主导着他的黑夜,使他逐渐成为了沃野之上的杀手;饥饿控制着他们,只有在那毫无规律的睡梦中他才会被回家的美梦叫醒。

他已经成为了一只真正意义上的狼,成为了在狼群前端飞驰着的一道黄褐色闪电,他没有乞求狼群仁慈地收留自己,而是让自己成为他们中不可或缺的一部分,当然,这份尊严他们不会理解。经历了几个星期的暴风和饥饿,这呼啸的寒风和恶劣的天气不断地考验着他,这一切击打在他身上的苦难就如同一段动人心魄的音乐,让他痛苦,让他发狂。天上的星星闪烁着的光如同摩擦中的打火石产生的火焰,那遥远的低沉的回旋飘荡着的

Bobbie a Great Collie
一只伟大的牧羊犬

叫声把狼群全部召唤到了一条令人兴奋的小径之上，最终展开了一场野蛮的厮杀，体内沸腾的热血和强烈的叛乱者的意味，让他感到一种疯狂的喜悦和自豪。但是当他在树下的雪洞里短暂地睡眠时，他有时会痛苦地哀嚎，那是他在睡梦中看见了曾经的常绿灌木丛和休耕地，还闻到了餐馆里传来的阵阵气味。然后，睡在旁边洞穴中的母狼也会哀嚎着回应一声，打乱那搅扰着他的思绪。

在西部的低洼地带，他们曾经从那里穿行过数星期的时间，持续进行着这样追击又隐蔽的游戏；他们曾经围捕过一头麋鹿，两天时间内，将其追赶至精神恍惚，进而一举将他拖垮。他们把麋鹿从他的冬季栖息地赶了出来，离开了他的同伴还有那些苦涩的粮草。他现在只剩一根鹿角了，另一根已经掉下去了；但就用头顶这仅剩的一根摇摇晃晃的鹿角，他也一直在和狼群奋力抗敌，把他们牵引到了悬崖边缘。

这两天时间里，狼群不分昼夜地一直坐在麋鹿的面前，当他困顿到急需休息的时候，他们就会对他进行不同程度的骚扰，以此来达到激怒他的目的，以至于他只能疯狂地对着空气厮杀。。当他真正陷入了疯狂时，他顶起了一只狼，用他的鹿角刺穿了他的胸膛，用力地刺呀刺，

第八章
一年一度的饥荒

直至折断了他那仅剩的一根鹿角,同时也把自己的胸膛暴露在了外面;他真的无能为力了,瞬间被击倒在地。

之后不久,狼群和波比饱餐了一顿。吃饱之后就睡在了附近,还安排一个站岗的哨卫看守着那具庞大的尸体。第二个夜晚降临时,那个哨卫一声低吼,他们又一次狼吞虎咽,连骨头都没有留下,也没有任何隐藏的碎肉没被吃掉。那个晚上,他们脚步沉重,因吃得太饱,都跑不动了。

那个夜晚,波比跟随着那只母狼来了一场秘密的出走,在白色的月光下,穿行在神秘的灌木林间。小约会之后,他们听到了那特定的叫声,于是他们又加入到了狼群中,发现他们因为一个奇怪的安排而集合在了一片白雪覆盖的草场之上。黎明渐近,波比仍然很饱,又有了一丝困意。他闻到了人类的气味。他趴下来静观其变。

狼群中最聪明的几只也趴了下来。年幼的几只小狼,毫无警觉性,在那儿大张旗鼓地检查着发生了什么怪事。那个人个子很矮,只有五英尺高,臀围差不多十英寸,新剪了个发型。上百英尺高的冷杉倾向了一边。从那个矮个子的上方,一股刺鼻的气味传到了潜伏在下面的狼群的鼻子里。

树的顶端被斜着切开了一个口子，距离树顶一英尺的位置还套着一个大小正合适的铁箍，以免它裂开得更大。只在一瞬间，这一切就全消失了。有那么四只小狼，被这气味刺激得异常兴奋，且依仗着自己的年轻，就轮番地跳到树梢上去。因为树枝面积太小，他们根本站不稳。他们总会滑下来。波比嚎叫了一下。他吃饱了，几个星期以来第一次填饱肚子，回家的欲望再次召唤着他。最初的表现形式就是他对人类的渴求。这让他跳了出来，跳到了矮个子的上方，那里人类手上的气味和那液体诱饵的气味交织在了一起，真是对他的一种诱惑。在下落的过程中，他的前腿正好被卡在了那一寸左右宽的裂口里面，他越是下滑，裂口缝隙就变得越窄；他就那样一条腿悬在了那里，他的体重，加上他努力挣扎着想要脱离困境，这都无疑会向下拖拉他的前腿。

老练的狼群看到这一幕，都悄悄地起身，偷偷地溜走了，以后再也没有来过这片草场。

更准确地说，他们再也没有来过这片低洼地带，而是又向更高的西部漂泊而去，因为一月即将来临。还有一只狼没有走；正是那只母狼，她还在这儿，因为波比不能离开。她向上够到了他用作支撑的两条后腿，用鼻子

第八章
一年一度的饥荒

蹭了蹭它们,发出无数亲昵的哀鸣,想要唤他下来。她在下面坐了数个小时,时不时地还伴着几声呜咽。

他没有理会,只是静静地悬在那里,他用后腿在树干上做支撑来缓解疼痛。人类的气味仍然盘旋在他的鼻孔中,他一遍又一遍地仔细回味着。他吃饱了,满腹麋鹿的血肉,但即便如此,他依然对见到人类如饥似渴,他宁愿这样悬着一直到死地等着人类到来。

母狼在那里静静地坐着,她跑向了草场的边缘,又回到他的脚下,最后一次咬了咬他的脚后跟,以示忠告和劝诫,然后再次向东离去了。她充满悲戚地嚎叫了一声,最终跳过一棵原木,消失在了视野里。波比像被钉在了自己的十字架上,他用力地扭动着踢打着树桩,努力地扭着头试图用自己的尖牙够到他的前腿。前方田野里,一个人出现了,手中紧握猎枪,看到波比马上举起了枪。

第九章

"重生"

Bobbie a Great Collie
一只伟大的牧羊犬

第九章
"重生"

安格斯·麦伊尔文从来不曾知道，他也会感到孤独，他从不相信会发生这样的事。他对自己那布满岩石的牧场很满意，也对自己能和岩石、原木以及夏季的牛群们打交道而知足，更满足于孤寂的冬天里；他可以散乱地设置炸药来驱赶未知的野兽，同样可以在漫漫长夜里一遍又一遍地品读那一摞几年前就已经读过的杂志。他从没渴望过有任何同伴，无论男人或者女人，无论小鱼或者家禽。

走近那个树干上的猎物，安格斯·麦伊尔文叼下右手的手套顺势举起了猎枪，不是想要射杀悬在树桩上的那条狗。他以为那个恶棍一定死了，或者最好是死了；但是他的那些兄弟或许会在附近游荡，等待救援波比的最后机会，也或许自己还会被他们猛咬一口。这么想他就犯了错。因为那只母狼还在附近灌木丛中隐藏着的时候，她确实想抓住最后机会救下波比，也想猛咬他们一口，可是根本找不到人。

波比也没有死掉。安格斯美滋滋地吹着口哨，不过后来就变成了一阵咒骂，因为他发现他猎捕到了一条狗而不是一只狼。他不能把一条狗卖出狼的价钱；另外，一条狗怎么会背叛主人而跟着狼混在了一起呢，这着实让他恼怒。

"你是一个堕落的恶棍，你知道吗？"他走近了一点，看了看波比的脸，然后愤怒地强调说，"我猜测，你就是那个咬死我的小马和牛犊的凶手。狼不会比你知道得更多，但是一条出逃的狗，是会知道自己在做什么的。"波比舔了舔舌头。安格斯转过脸去。他用刀砍下了一根很粗又很光滑的树枝，拿着它不停地敲着波比的头。他似乎迫不及待地想给波比一枪。安格斯边削着树枝边自言自语地抱怨着。不过削完树枝，他站在那里静静地思考了一会儿，用右手摩挲着左侧手肘。

"叫啊，该死的家伙。"他突然对波比的乞求有了回应，又用力戴上了手套离开了，一个新的主意在他头脑中萌生了。在他简陋的小屋中，他给自己套上了两条编好的猎捕麋鹿用的绳子——为什么他整个冬天都把自己关在屋里还要买绳子呢？装备好之后，又走出房门，走向草场中的那个高高的角落。

波比没做任何抵抗，他不再乞求。安格斯也不是一个残忍的人。他只是在这几个冬天里，有过与狼对抗的经历。他把波比的前腿、后腿都绑上了，前后腿绑在一起，

第九章
"重生"

目的是不让头够到受伤的部位，以免他自己再次咬伤皮肉；之后把他放倒在身边的雪地上，就躺在两棵树之间。他走开了，去安排投放诱饵。天黑之前他都会在风中埋伏，等待狼群的到来，或许他们会来看看波比现在怎么样了。他们不会在白天出现。这他很确定。

但是他不知道还有一只母狼，更不知道她此时是怎样的心急如焚。他知道了。中午，从门口传来一声响动把他的思绪从那些破烂的杂志中拉了回来。他打开了房门，手拿猎枪。波比还在那里。他腿上的绳子已经完全被咬成了一股一股的悬在那里。在草场的边缘，那只母狼沿着弯弯曲曲的小路飞奔而去。她已经用自己的尖牙把绳子咬开了，也曾尝试拽着他的肩膀，努力要把他带走，让他再次跟着自己浪迹森林。

然而，波比一瘸一拐地走向了通往那个人的小路，母狼发疯似的跟在了后面，慢慢地，慢慢地，他走到了那扇不该被打开的门前。

安格斯向母狼连发了五颗子弹，后来她的身影淹没在了森林中。他放下猎枪，然后，指向了波比的头，手指已经准备好了要发出最后一颗子弹。

他的愤怒蒙蔽了他。波比就站在他的前面，一只前爪

Bobbie a Great Collie
一只伟大的牧羊犬

因疼痛而抬了起来。安格斯延迟了这最后的裁决，因为他的怒气正盛，他在不停地辱骂着这个叛主之徒。低垂着头颅，波比转身缓缓地走开了，伴着昏暗的光线走下一条小路，沿着这条小路，波比可以从小屋门口径直向西而去。安格斯注视着，追在他身后，说道："喂，你！你不能这样。如果你没有受伤，我会打爆你的头。但是，快进来，你都已经跑到这儿了，还要继续跑开吗？"

在小屋里，他看了看波比的前腿，他确定那撕裂的皮肤和被勒伤的筋腱都能够不用治疗而自愈，同时他觉得，在波比眼里他也一定是个白痴。"多愁善感的白痴，"他自言自语道，"你进来的时候，我正在读一则故事，一则感人的故事，该死的。"

把椅子斜靠在饭桌旁边的墙上，他开始了数小时对波比的观察。有那么一次，他突然起身，把杂志从桌子上扔进了壁炉里，还拿起了猎枪。杂志冒着烟，但没有着火。一边在嘴里不情愿地叨咕着什么，一边对自己生着气，安格斯又把它从炭火中拽了出来，坐回自己的椅子上，在那里偷偷地推测这则扣人心弦的故事。

当他读完这则故事，他又看了看波比。安格斯因为自己没有杀掉这条离经叛道的狗，所以才对自己无法释

第九章 "重生"

怀。但是随着时间的流逝，不知不觉间，他已经习惯了有波比的存在——或者，更准确地说，波比习惯了和他待在一起。他感觉到了这一点。当他这样想的时候，他就会疯狂地摩挲着他的左手肘。他在质疑，在猜测，也因此而发狂，这只牧羊犬是从哪里来的呢？有谁认识他，又有谁给过他关爱呢，为什么他会在这里，这些全部扰乱了安格斯·麦伊尔文在孤寂的冬天里应有的常规生活节奏。

在他的注视下，波比趴在小屋对面的一张展开的羊皮垫子上，陷入了只有狗狗才能达到的深睡眠状态。当安格斯动了一下或者清清喉咙时，波比会睁开一只眼睛看看他，正好会发现安格斯也在注视着他。他没有摆摆尾巴向他打招呼。他有点儿不太受欢迎，这一点他自己明白。他也不会主动向他示好。他在等待这个人的决定。同时，他筋疲力尽，并且有伤在身，于是他趴在火炉附近的羊皮垫子上，舒服地睡着了。偶尔舔舔自己的爪子。

这是一场奇怪的对决。夜晚降临，安格斯暂时赢得胜利，在他煮咖啡、热玉米和煎鹿肉的过程中，他一直在自言自语地咆哮着类似于普通的狗狗和那些极为罕见

Bobbie a Great Collie
一只伟大的牧羊犬

的叛家之犬这样的话。无论怎样,他发现自己还是煎了两份鹿肉。慢慢地吃完自己的晚餐之后,他又开始嘟哝。从容地倒出第二大碗咖啡后,他把剩下的鹿肉放进了一个锡制盘子上,匆忙地放在了波比面前,转身离开去拨弄了一下炭火。

波比在他的身边趴了一会儿,抬着头,眼睛看着这个嘀嘀咕咕的斯科舍之子。他几乎都没有闻一下那盘特意给他准备的鹿肉。相反,他僵硬地站了起来,用那只受伤的前爪试探性地点了点地板,然后一瘸一拐地走向了门口。

安格斯·麦伊尔文看见了这些。之前,因为收留一条不守规矩的狗而产生的对自己的愤怒情绪,现在全部转移到了波比对那些食物的鄙视之上。他走到门口,把波比踢出了门外。一只手放在门闩上,他决定要把他锁在外面。这条狗不吃煎好的鹿肉!可能是要出去吃我的小马驹。那他一定得留在屋里面吃鹿肉。安格斯·麦伊尔文要教他文明的礼仪和文雅地进餐。他把手从门闩上撤了回来。

波比蹲坐在那里,充满希望地看着门闩又看看安格斯。他仍然没有表示出一丝友善,因为他清楚地拒绝了

第九章
"重生"

他。他也只能冷静地、清晰地继续叫着，请求他允许自己离开这里。

"不，先生，你！"安格斯叫嚷着说，"你不可以再去跟那些野狼厮混，一整夜搞得鸡犬不宁。不可以，先生。"

他坐在了椅子上，这么多年他第一次忘记了收拾餐后的碗碟。他和自己的手在对抗，和自己在对抗；但是他很肯定，他在和波比做着对抗。一整夜，波比就待在了门的旁边，最终躺在那里睡着了；安格斯很晚才上了床，无法说清这件事，也一直有所困惑，他隐约觉得，波比对待他的方式好像正是他应得的。他也知道，即使他无情地拒绝了他，那条狗也是对的。

只因思绪万千，安格斯失眠了。一大早他就起来了，削了几片熏肉作为早餐；波比就在门口静静地等着，面无表情，意志坚决。

不能一直这样下去。这扇门迟早会被打开的。在这样一个美好的清晨，安格斯本以为他能自己清净地去抓鱼。"我比你还要烦躁，"他向波比承认道，"我应该知道得更多。我有权参加选举，你却不行，但是除了这些之外，我们几乎没有什么不同了。"

于是他态度温和地给波比送去了新鲜的熏肉，又被拒绝了；他拿走了门闩，把门打开了。波比只轻轻地摇晃了一下尾巴，以此来表示感谢。因为狗狗们可以回应人类的情绪，波比最终感觉到了来自安格斯·麦伊尔文的尊重。

安格斯跟着他出去了，对他一再劝诱，沟通，第一次蹲在了宠物波比面前：他所感觉到的那种愉悦和欢快让他自己都觉得好似奇迹发生了。那之后，波比就一瘸一拐地跟着他出入那些小棚子，为了防止摇晃的棚顶掉下来，上面还特意放上了圆石头。忙完各种杂事，人和狗狗一同回到小木屋。天气即将转变，为此安格斯告诉自己，要一直待在屋里。一如往常，波比应该在火炉旁边舒舒服服地伸着懒腰，安格斯应该陪在他的身边。

就这样一天天过去了，一月份来临了。安格斯从没有给他的狗狗想出一个合适的名字，除了"你"，于是，波比就有了新的名字"你"。这个名字是这样来的，比如"说话，你"，或者"听着，你"，或者"爪子怎么样了？你"。

安格斯从来不多说话，好几个小时狂风大作的下午和夜晚，他就坐在波比旁边那个生牛皮做的椅子上。他从不吸烟，从不赌博，也从不需要同伴，或男人，或女人，

第九章
"重生"

或狗狗；他从来不觉得自己孤单，他唯一的不良习惯就是因杂志里面的故事而变得多愁善感。但是现在，他数个小时静静地坐在那里，那种狗狗在自己脚下的亲近感变得如同吃东西一样重要，他被这种感觉打败了；他可以长时间地坐在那里出神地享受着这种被陪伴的微妙幸福感。通常他上床准备睡觉时都不会说任何话——感觉没有任何话想说，除了拍拍向他走来的波比的头。感觉像是他深藏心底的水坝决堤了，感情一泄而出。他感觉到有一点儿难为情。但是他以前一直是一个人生活，从来没有任何同伴。

但是对于波比来说，安格斯那迟来的觉醒并无大碍。他也曾懂过文明，他甚至会因安格斯轻轻拍拍他的头这样公开对他示好的行为而兴奋异常。但是波比还没有和他嬉戏玩耍过，没有对他做过滑稽的动作，也没有和他像朋友那样地相处，这些都应该是狗狗和主人的特殊相处方式。距离上次波比感受到这样的快乐，已经几个月了，确切地说已有五个月时间了。在狗狗生命中有限的几年里，五个月可以相当于人类的十年了。

在那个用泥浆和石头做成的火炉旁边，波比正在打着瞌睡，此时的风似乎在惧怕中哀鸣着，因为波比经

Bobbie a Great Collie
一只伟大的牧羊犬

过了五个月的奋力挣扎看起来还是没有一丝儿服输。来路漫漫，他曾经穿越过美洲最大的河流，冰雪覆盖的最高山峰，还有那令他迷茫且不知所措的城市。就靠着自己鼻子里的罗盘一路向西，他已经横跨了一半的美洲大陆，但还是没能找到主人，迎接他的是越来越残酷的荒野生活，最终只收获了安格斯·麦伊尔文的陷阱和棚屋。

昏昏沉沉的间隙里，他会舔舔那已经愈合的前腿；然后继续打着瞌睡，他经常会梦见那似乎再也回不去的以往的生活。最常梦见的是图奇，那只瘫痪的猎狐犬。波比又回到了阿巴契草原那绵延起伏的农场里，拖着他的好朋友图奇沿着小路打闹着，嬉戏着。因为图奇的后腿失去了知觉，麻木了；他必须用前爪拖着自己或是被淘气的波比一路拖着玩。

他们是最亲密的朋友，只要波比因为追捕兔子而忽略了拖着图奇前行，那么他就会生波比的气。那一天，是终结麻木的一天；那一天，他们不让他拖着图奇，却在谷仓旁边给他挖了一个洞，把图奇放在了里面。波比对那个场景记忆犹新。伴着安格斯·麦伊尔文的火焰，他又一次看见了那一幕，洞顶盖上了两块厚厚的木板，这让他没办法挽救他的朋友。

有时他还会看见其他的场景：他又躺在了养鸡场的院子里，允许母鸡们从他的肋骨上走过，再开心地跳起来，要故意把他们吓破胆儿。伊丽莎白，一个长得根本不像成年人的小个子，在她摆弄自己的玩偶的时候，波比会进到院子里帮她守着院子；或者当他发现她在路上时，他会过去接她，只是，波比观察到，那是一条不允许她经过的路。他每天都和莱德争斗不休，那是一只身形巨大的毛茸茸的大块头，他从小就开始和他较量，一直较量到他有了足够的力气和技巧能打败他。一天傍晚，他突然醒了，他以为一定是那只鹦鹉波利发现他在睡觉就故意抓他的毛儿；那时，他也会轻轻地抓住他，嘟哝着把他从身上赶走。

不过现在是安格斯·麦伊尔文在用手指戳他。那天晚上波比回想了太多的往事；他在地板上走了几步，他几乎不瘸了。第二天早上，他离开的时候，安格斯无力地站在那里，抱起了波比，来恳求他的"你"留下来。波比用爪子紧紧贴在了那个人厚厚的胸膛上，给他留下了最后的一点儿温存。

但是波比还是走了。安格斯经过一个星期的郁郁寡欢，脑中全是关于波比的记忆和他自己所陷入的窘境。他本打算从那些自己最热衷的杂志里面寻求一些慰藉，可还是失败了。最终，他套上了马鞍，向西骑去。

安格斯要去那里找回一只狗，他愿意要任何品种的小狗，但最好还是牧羊犬。他摩挲了一下手肘，然后策马飞奔。

第十章

最伟大的狗狗波比

Bobbie a Great Collie

一只伟大的牧羊犬

第十章
最伟大的狗狗波比

接下来的一星期里，伟大的波比选择了一条向西北而去的路线，穿过了爱达荷州的高地、低地和荒原地带。至此，已经向北走过了太远的距离，爱达荷州给他的感觉比任何一个州都要困难。数不尽的河流在消磨着他的体力和耐力。他一个接一个地全部克服了。经过半天的搜寻，他发现了一座桥可以横跨蛇河；接下来的四天里，他绕开了山地，在峡谷里面进进出出，四次横穿萨蒙河。

在这个暗无天日的地区，在寻找突破点的征程中，他的耐力几乎被消磨殆尽。想想曾经在生病受伤时待过一段时间的怀俄明州的小屋，或者更糟糕的程度，在五个月的抗争中，他几乎被置于毫无希望的境地。然而，他这次经历了两天固执的旅程后还是找到了蛇河盆地；这个地区可能真的是恐怖至极，是独自游荡中的迷路的狗狗们的禁地，但是，波比还是坚持一路摸索前行，慢慢地，勇往直前。一些微弱的，捉摸不清的预兆让陷入半信半疑状态的波比抓狂。他距离西海岸只有绵延500英里的山地距离。但是被山地隔绝着，他看不见，更闻不到来自大海的味道，也不知道在这茫茫天地间，自己到

Bobbie a Great Collie
一只伟大的牧羊犬

底身在何方。或者事实上,他确信,每个大陆边缘都一定通向海洋,他的家就在西海岸边缘。他唯一知道的就是他会一直依赖着他鼻子里的罗盘和他坚定的双腿走出这片月光下看似杳无边际的茫茫荒野之地。当他还在萨蒙流域一条岔路接着一条岔路地搜寻时,他甚至忘记了饥饿,更不知道自己已遍体鳞伤;因为身陷荒野,他变得思绪混乱,也曾怀疑他是不是走到了生命的尽头。

确实是这样,至少他最后迈出的那一脚,他最强烈地感觉到了眼前一片黑影闪过,就如死亡在他那布满血丝的棕色眼睛中显现了。透过这一片黑暗,眼前的一切影像都扭曲了。第一次从得梅因到达丹佛的光辉旅程中,他是如此地行动敏捷,他体内新近觉醒的回家意识又有如此敏锐的洞察力:这所有的努力最终只是让他到达了丹佛,甚至走向了更远处的饥荒和绝望。现在,朦朦胧胧中,他在悬崖边不断喘息着,他陷入了深深的迷茫,而没有一丝清晰的方向感。男主人、女主人和年轻的小主人们经常和图奇的记忆一起交织着出现在他的脑海里:图奇和波比把一条束带蛇拉成了两半,或者从一个暗灰色的洞口互相把对方推走。

在那遥远的某个地方，他一直追逐的目标曾一度消失在了他的能力范围内，所有这些往事，他都可能突然地想起。随着他的思绪渐渐地被这些细节所搅扰，他最后的西行目标又变得越来越绝望，越来越渺茫。到达北帕耶特河段时他领略到了独一无二的痛苦，他试着从冰上走，不过掉下了一片湍急的河水，奋力抓住了一块巨石，全身湿透地在冰下漂流着准备迎接下一波激流。

他差点被淹死了。如果他爬出水面暴露在严寒中，那么他被冻死也是情理之中的。在帕耶特和蛇河之间，他确实不止一次地想要爬出来，不过面对着死亡，他还是停下来了。前方，他面临的又是一个大峡谷，这让他不得不让自己停了下来。

他在暴虐无情的蛇河水中浮浮沉沉地挣扎了一天的时间，几近疯狂。在一个悬崖下面他找到了一头冻僵了的公牛。那天晚上，穿过了一系列紧密分布的有着高高路基的铁路网，又横穿了咆哮着的蛇河……就到了俄勒冈。

波比从来没有学过认路牌。他不知道这里就是俄勒冈，或者，事实上，那大片森林覆盖的山地和芳草青青的山谷就叫做俄勒冈，也就是他的家乡。他只知道，在

Bobbie a Great Collie
一只伟大的牧羊犬

众多山谷包围下的绿色领地存在着,或者可以说似乎几个世纪前,曾经存在着,他的家乡,那里就是他的家乡,生活着他朝思暮想的人们。

他走进了茫茫高原之上,极寒的蓝岭出现在了他的眼前,接着就是格兰德龙德河,这就是东俄勒冈,一个被雪封困的不毛之地。如果他继续向西,直接沿家的方向前行,那么在他到达喀斯喀特山脉之前,一定会命丧在这无边无际的白雪荒原之上。或者在这常年积雪覆盖的,摩肩接踵的群山之间,仅仅一次睡眠就能夺走他的性命。但是还要向北继续前行,他的直觉秘密地指引着他,选择了一条绝望之路;所以,经过三天跟跟跄跄地缓步前行,他又到达了一条大河,哥伦比亚河。现在他正位于他所寻找的目的地的北方。他的前面就是一条高速公路,哥伦比亚高速路;过一会儿马路就变成了蓝色,上面每天都有白雪扫过的痕迹。

无论白天黑夜,这条高速公路带领着他一直向前,穿过了喀斯喀特山脉。在高海拔的内陆地区,在这样的隧道中穿行时,总会伴着狂风大作,就如哥伦比亚河中之水,一泻而入。风不停地吹进来。从后面吹着波比的毛发,推动着他,助他向前。他在达尔斯停了一下,只因

第十章
最伟大的狗狗波比

为他接受了人们的一餐饭。直到现在，那片温暖的低地也依然清晰可见。

高速公路陡然直下，盘旋在了山谷陡坡之上。雁群在头顶鸣叫着。他们，也像他一样，要赶回家，但是他们可以像飞机一样在高空飞翔。他们大大的 V 字形在北飞的过程中消失了，他们飞去了夏季的家乡，那温暖的繁衍地。那是一个星期二。很快春天就要来了。但是现在，她还没有走来。

当波比缓慢地到达波特兰的时候，冬天已经拆卸下了它最冷酷的面具和那最后一道屏障。路上只剩下一点儿残留的雪沫，但是潮湿的路面依然冰封未尽，寒风仍旧无情地吹打着街上为数不多的行人，这些都是要去往郊区的俄勒冈人。波比走下哥伦比亚高速公路，他已经做到了一路向西，现在离家很近了，他知道这些；但是，他在身后留下了一段殷红的征程，尚未退却的寒风还是不愿放弃随时刺入这仅仅包着骨头的皮囊。

如果他因为忍受不了这浑身的剧痛而沿着高速路一直前往市中心，他就能赶上清晨的交通高峰，也能看见众多的卡车和汽车。但是他选择了向南穿过那个用灰泥粉刷过的城堡，还有那个新修建的还在闪着光的仿制庄园大厦。这样他就能回家了，因为到达锡尔弗顿大街最直接的路线就是穿过东波特兰的远郊地带。波比走上第七十五大道的时候，已经九点了。他最终被打败了，再也走不动了。

他爬上了一个小屋后门的台阶。他的身上已经血迹斑驳，毫无光泽，眼睛红肿胀痛；他害怕被女主人赶出房门。在厨房中，迎接他并和他开始寒暄的，是一个矮个子的爱尔兰寡妇。那个叫玛丽·伊丽莎白·史密斯的寡妇，一看到快死掉的波比，马上用一根粗糙的绳子把波比拉回了她的小屋。

见到波比的一瞬间，这个地区人民心肠宽广的美德就在玛丽·伊丽莎白·史密斯的身上得以彰显了。她随手生起了火，嘴里轻声地对着波比呢喃着"可怜的宝贝儿"，然后找来了食物。但是他虚弱地走到了水龙头附近，她给他倒了水，就这样，他喝下了一整盆的水。他贪婪地舔食着——因长期只能依赖着雪水度日已经导致他的喉咙肿痛。

他喝够了水之后，玛丽·伊丽莎白·史密斯给他准备了一盘肉、面包还有卤肉。这些她都放在了他的鼻子下面，还一边继续着她的呢喃细语，那声音就像是

第十章
最伟大的狗狗波比

一个母亲在关怀着一个无助的受难者。波比拿起了一小块面包。然后他突然倒下了，像是体内的一切都被放下了。头紧贴地板摇晃了一下，面包径自落在了地板上。整整六个小时，他一动不动，既没有醒来也没有睁开过眼睛。

玛丽·伊丽莎白·史密斯把他脖子上那个旧项圈和绳子都解开了，因为她怕他会刮到篱笆或者长钉上。因为他的皮毛已经破烂不堪，淤伤连连，但在他睡着的情况下她什么都不能为他处理。不过，她还是打来了一盆温水，里面放了一点消毒水，每次把一只爪子浸泡在水里帮他清洗。趾甲已经被磨得看不见踪迹了，脚下的肉垫完全掉了下来，骨头显露在了外面，脚底在慢慢地流血。

波比爪子以上的小腿部分已经肿胀成正常尺寸的两倍粗，带着很多伤口和划痕。玛丽·伊丽莎白·史密斯尽可能地给他涂抹上了药膏。看到波比就连爪子被浸到消毒水中都没有醒，她的眼睛湿润了。更主要的还是因为这可怜的爪子，让她流下了泪水。在她给他的双脚涂上石蜡之前，她再三地思考了一下：打上石蜡是她所能为他选出来的最合适的处理方式，因为她觉得，这样能避

Bobbie a Great Collie
一只伟大的牧羊犬

免被他舔掉。

中午过后,玛丽·伊丽莎白·史密斯去见了她的几个邻居,对她们说起了那只迷路的小狗有着多么可怜的双脚,他可能是经过怎样的长途跋涉等等等等。"我知道,他一定是在寻找他的主人,"她会这样说,"他是一只优秀的狗狗,或许他会愿意和我这个孤家寡人一直生活下去。"

四点的时候她回到了家。波比还在睡着,还在以同样的姿势躺在那里。听到她的动静,他动了一下身体,双脚僵硬地站了起来,又向她要了些水,因为嗓子仍旧干涩难忍。他对食物不感兴趣。他已经不饿了。

她坐在椅子上,和他聊了一会儿。喝完水之后,他来到她的膝盖旁边。先抬起一只前爪,然后又抬了一下另外一只,他想试着把脚放在她的膝盖上。两次都失败了,他只能把头倚在她的膝盖上,她像母亲一般温柔地抚摸着他的头。就这样他静静地享受了一会儿这双手带来的温暖,听着那央求他留下来的感天动地的话语声,时间一分一秒地流逝着。他再次移动的时候,就是他痛苦地迈开了脚步的时候,带着脚上打着的石蜡,他走向了门口。他站在那里,鼻子朝向门缝。

第十章
最伟大的狗狗波比

玛丽·伊丽莎白·史密斯打开了门,看着他走向了那冰封的路面,穿过了大门,之后,慢慢地,拐弯向南而去。夜幕已经降临。寒风依旧肆虐在整个街道上。

第十一章

心爱的狗狗

Bobbie a Great Collie
一只伟大的牧羊犬

第十一章
心爱的狗狗

还剩七十英里的路程。波比走了两个星期。他首先到达了夹在一个悬崖和威拉梅特谷之间的古俄勒冈城。这里,太平洋高速公路就高高地倾斜在悬崖之间,这对波比来说,是最难的考验,更像是最后一波的暴风骤雪。离开波特兰三天之后,波比来到了往南二十英里处的威拉梅特谷。他简直迷失其中了,一个偌大的山谷,面积足有整个比利时那么大,山谷顶端不均匀地分布着森林,沼泽,还有天田地,从远处俯瞰,这里简直称得上一块体态丰盈的母亲地,因她拥有着母亲一样的完美曲线和起伏丰满的胸部。风轻轻掠过,此时已刮起了奇努克风,温暖而湿润。雨落下了,将温暖和甘霖洒满了天地间。草场之上,绿草茵茵,嫩芽初露的谷物也在急吐芬芳,山坡上星星点点地散落着亟待放牧的乳牛和圈在草场的羊群。

那就是家。但是对于波比来说,这样的范围太广阔,家同样只是点缀在数英里以外的微小一点。他鼻子里的罗盘知道家在哪里。他的鼻子能够准确无误地给他指引。波比就跟随着这样的指引,根本无需左顾右盼。

三个月以前,他或许可以只用一天就能走完从波特兰

Bobbie a Great Collie
一只伟大的牧羊犬

到达锡尔弗顿的七十英里，他现在磕磕绊绊地用了两个星期。一英里，半英里，半英里，甚至走到上百步他就会停下来休息一下。他经常躺在温暖的篱笆旁边，或者躺在那含苞待放的玫瑰田间。这里有很多棉尾兔，但是他们可能会很不礼貌地朝着他眨眼睛：他已经没有多余的力气把他们踩在脚下了。他发现了一点食物——一只一瘸一拐的鹌鹑，不过他的三明治被一个小学生赶跑了。

他继续穿过高高低低的草地，悄悄尾随着；他什么也没抓到，此刻，末日似乎再次临近了，他可以试着把一只爪子放在另一只的前面，或许这样可以转移他的注意力，不过他只剩下了稍微抬一下爪子的力气了。他现在已经昏昏沉沉，已看不清楚自己将要往哪里走，也不知道自己想要找的是什么。以前他曾经住过的锡尔弗顿商业街上的餐厅，也似乎在他的脑海中褪去了影像。他的思绪已经回到了小时候，回到了阿巴契草原的农场上，和图奇还有主人一起生活着。因为狗狗和人类一样，即使所有的事情都被冲淡了，那么幼年时期的所有记忆也是会被珍视和牢记的。

为此，他走过了锡尔弗顿大街，低着头，没有看见里奥餐厅，对它也没有任何印象，餐厅里弗兰克·布雷热、

第十一章
心爱的狗狗

诺瓦和利昂娜还有布雷热夫人,他们也都会认为波比不会再回来了。六个月之前,他喜气洋洋地离开了里奥餐厅,高高地坐上了车。现在他路过了这里,他的头却低垂了下去;他小心翼翼地迈着步子。他正在走向童年,试着找回那些最快乐的日子,正如即将走向死亡的人类一样。一辆熟悉的蓝色汽车正向樱桃树开去,但是波比没有抬起他的头。

还剩几英里的距离。他做到了。他走上了阿巴契农场里一间农家小屋的台阶。在他清醒的一瞬间,他知道,一切都错了,这里,在这间熟悉的屋子里,没有主人在等待着他。在走廊里闻到的是一股强烈的陌生人的气味。屋里的一家人正在吃着午餐。当波比走出走廊时,他们才听见了一点儿轻微的响动。他围着房子转了一圈,穿过了谷仓,找到了图奇的坟墓,那里还盖着两块厚厚的木板。后来人们就是在那里发现了他。

没有人认识他,他只被当成一只弱不禁风且饥饿至极的狗被救了起来。人们一直让他吃睡在了图奇的坟墓上,因为,大家都以为,他是在为图奇守灵。一个夜里,他被食物唤醒了记忆,于是,他又一次想起来了,清清楚楚地记起了他所遗忘的一切;第二天早上,他又一次走

Bobbie a Great Collie
一只伟大的牧羊犬

第十一章
心爱的狗狗

上了锡尔弗顿的主街道。

正在街上做着晨练的诺瓦看见了街对面的他,她马上停下了。另一个和她做伴的女孩大喊了起来:"啊,那不是你以前的狗狗吗?"

诺瓦大喊了一声。波比停下了脚步,看见了她。他努力地小跑了起来,来到了她的身边。她能确定,虽然他的速度很慢,但是他一定在以他最快的速度跑向她了。

刚进入餐厅门,他就马上消失了。沿着柜台径直跑进了厨房,完全忘记了骨头的疼痛。在那里,他让布雷热夫人和利昂娜着实吃了一惊。剩下的时间,他们只有一起大声地惊呼,无法想象,难以置信,感觉像是鬼魂进来了。

因为波比已经离开他们了。他走向了台阶,布雷热夫人和利昂娜紧随其后。在楼上,布雷热先生刚刚结束他在餐厅的晚班工作,陷入了熟睡中。通常他都不会很快入睡,尤其是当他抛开所有的工作自己独处的时候,关于波比的一切就会浮现在他的脑海里。在这样长期反复的痛苦时间里,他也已经下定了决心,永远不会再养其他的狗狗。失去他们真的很让人痛苦。

门拦住了他的路。布雷热夫人帮他打开了。从门口到床上要跳很远的距离，但是波比做到了，朝着那个无辜的熟睡着的主人身上一下砸了过去。那个惊呆了的人头和脚一起飞了起来；在他醒来之前，他的思绪中一闪而过的是这些词汇，噩梦、地震，或者更像是爆炸的煤矿。

在街对面，一个屠夫从肉市跑了过来，一个理发师出现了，收银员和路上行人都兴奋地聚集了过来。他们都想来看看那只错过车的狗狗。波比的脸紧贴着主人的脸，一直在以他最大的声音哀嚎着，哭泣着，不过他的心底里却充满了无比震撼的喜悦。他的哭声回荡在整栋楼中，整条街上。他们还在继续。消息传开了。楼下聚集了好多好多人，他们都在听着，惊讶着，在狗狗的哭泣声中陷入了沉默。那一天波比无论如何都不肯离开主人的房间，不吃东西，更不接受任何的关怀。他什么也不做，只躺在主人身上，时不时地还会再次大哭起来。当然，这时不是只有他自己在哭泣。

附 录

波比的故事恰到好处地以波比最终回到了家而结尾了,然而,还有一些不适合写进故事里面的资料,和故事相关,也很重要。

波比出生于1921年2月。他的妈妈是两只纯种柯利牧羊犬的后代,而他的爸爸具有一半的柯利牧羊犬血统,和一半英国牧羊犬血统。弗兰克·布雷热先生在波比六个月大的时候用五美元买下了他。他对自己的乳牛一直很头疼,因为她每晚都要跑到一英里以外的草场上去闲逛。波比的任务就是把那头乳牛抓回来,因此,波比可以帮布雷热先生省去很多麻烦。

除了他的任务以外,这只小狗学会了很多东西。他固执,高傲,除了被轻轻地斥责以外,他不能忍受任何惩罚。不过,他学东西速度很快,对他所能听懂的一切

Bobbie a Great Collie 一只伟大的牧羊犬

指令都会坚决服从。故事中所有和他幼年时期相关的信息都来自于布雷热夫妇对他小时候的记忆。两个月后，他就经常在阿巴契草原上的一个古老的游泳池中和邻居家的小男孩儿一起玩跳板跳水。他还曾对马蹄子情有独钟，有一次就因为这样的癖好，他被踢出了二十英尺远；但是他起来后就把那匹马拖进了谷仓。直到今天他依然记得，他一改往日的作风，扭断了那匹马的跗关节。被踢的右眼部位还留下了一个永久的伤疤。在他长途跋涉期间和旅途结束后，那个疤痕就成了辨认他的一个特殊手段。

他身上一个更明显的记号在他一侧的臀部上，那是果园里一辆讨厌的拖拉机把他撞倒时留下的伤疤。多亏了那些柔软的稻草护根救了他的命，不过那之后他臀部的疤痕就没曾消失过。第三个印记是他缺失的那三颗小门齿，是在他疯狂挖掘地鼠的时候被咬断的。他真的靠自己完全挖掘到了地下。在他试图咬断某些植物根部的同时，也把自己的牙齿咬断了。

在波比两岁半的时候，他和这个农场一起被卖给了一个新的主人。布雷热一家到附近一个叫锡尔弗顿的小城市做生意去了。波比的新主人留不住他。他找尽了各种机会跑到了锡尔弗顿，藏进了餐厅里，也就是现在布雷热一家生活的那个餐厅。然而，有一件事又把他拉回了农场。藏了几天之后，他想要回到农场去看看那儿的小宝宝，还有图奇的坟墓。不过，任何惩罚都不能让他接受新的主人。最终，布雷热先生又重新买下了他。

在1923年8月6日，前往印第安纳州的长途旅行开始了。在8月15日，波比如故事中所说的，在沃尔科特走失了。后来，布雷热夫妇又开车向南再向西行驶，到达了古墨西哥城，最终一路向北沿着太平洋公路回到了锡尔弗顿。

正好六个月后，在2月15日，波比又重新出现在了锡尔弗顿。这件事在小镇上激起的一阵不小的风波传到了国家动物保护协会会长Col.E.胡佛的耳朵里。他从塞勒姆赶来做调查。完全折服于这只纯种狗狗的独特本领，他觉得自己有责任把他的故事在世界范围内传播开来。通过新闻报道和报刊杂志的形式，他在全国范围内征集到了很多有价值的证据。

信件蜂拥而至。据调查，来信中所提供的大部分地址后来都写进了故事里。这样，故事第二章中写到的那个在印第安纳州沃尔科特维尔招待过波比的职员，就是

Bobbie a Great Collie 一只伟大的牧羊犬

F.D.Fiundt 先生。经一位住在印第安纳波利斯公园大街 4215 号的威廉达德利普拉特夫人证实，正如第三章中写到的那样，波比曾经到过蒂珀卡努河沿岸的那个夏季露营帐篷，她曾经在那个帐篷里招待了波比。

1924 年，正在俄勒冈塞勒姆附近的树林里每天不停地摸索着前行的时候，他发现了一顶旅行帐篷，旁边的两个旅者正围坐在火堆旁边。波比扑向了其中一个人的怀里，哀嚎着，痛哭着，还不断地舔着那个人的手以此来表示友好。那个旅者解释道，在 1923 年的 9 月份，他曾经在印第安纳波利斯北部的怀特河岸收留过一次这只狗狗，当时这只狗狗发现了他们的帐篷就游上了岸，恰巧他就在帐篷中，波比在里面休息了几天。

在故事中，波比被写道，他在爱荷华州的温顿小城曾因一个汽笛声而跳上一辆车。这件事以及后来的那些情节是 F.E.帕顿先生提供的线索，他是温顿煤气公司的一个秘书。经过一系列的细节对比，能肯定帕顿先生当时的那个造访者就是波比。帕顿先生发现他说出了波比的名字，还有波比跳上了他的车以及之后对他家屋子的一系列巡视，这些都出自于他自己的述说。

在得梅因的那个片段写道，波比走进了一个门廊，和一个小男孩交了朋友，这些细节出自于佩恩大街1333号的艾达M.Plumb。除了这些被列举出来的实例，还有很多是得到动物保护协会认可和证实的。证实发现，波比在爱荷华州迷茫的搜索中，已经走遍了整个州东西南北的各个角落。因为这些细节和那些之前已经写进故事的很多细节相类似，所以为了避免重复，就把这些省略掉了。Plumb女士的来信是第一批新闻报道回信中的一个典型，她这样写道：

> 亲爱的布雷热先生。——我对一篇出现在四月份《道德福利》上的关于你们家那只柯利牧羊犬事迹的报道特别地感兴趣。看到照片中的波比和我们在1923年秋天有幸收留过的那只柯利犬长得特别像，我们就迫不及待地给您写了这封信，希望能把他的事迹传播开来。
>
> 来到我们家时，那只狗狗戴着重重的黑色项圈。他是夜里出现的；看见我的侄子正睡在门廊中，给他一只爪子让他摇晃着玩儿，那之后，他就睡着了。早上和所有家人们打过招呼并且吃了早饭之后，他就朝着露营帐篷的方向走去了——

Bobbie a Great Collie 一只伟大的牧羊犬

那里离我们家只有几个街区的距离。一两个小时过后，他回到了我们家，并接受了我们给他提供的住宿。尽管我们非常喜欢他，但是我们没办法将他留下来。几乎每天他都会去一次露营帐篷，这让我们猜想，他一定是在那里被弄丢的。我们对他试过好多名字，后来发现"波比"听起来最接近他的名字。

和我们相处的这段期间内，有一次，他消失了几天时间，再回来的时候，我们发现他以前那个重重的项圈被人拿掉了，换成了一个很轻的，而且还带着一小段绳子，一看就知道是有人要强制将他扣留下来。1923年11月下旬——感恩节的第二天，我很确信——他又一次消失了——再也没有回到我们身边来。

失去他我们有多么深的懊悔，这无需多说，只希望他能找到回家的路，找回自己的家人。我还随信附带了几张照片，可以清晰地看到他的脸。

丹佛市盖洛德大街2110号的凯丽·艾比回信说，波比曾经到过他们那里。在她的第一封信中，她这样写道：

附 录

《丹佛邮报》中的一篇附加剪报吸引了我的注意力，11月下旬，一只大型柯利牧羊犬来到了我家门前；事实上，他跑上了我们的车，那时我们正要把车开进车库，见到我们他看起来非常开心。他进了屋，吃了晚饭，一整晚都睡在了地下室小窝里面。他举止文明，看起来特别的累，更确切地说是筋疲力尽了，身上布满污垢和茅草刺。我们和他聊了聊他怎么看起来这么疲惫，他表现出的样子像是经过了长途跋涉。我们9月份刚刚失去了一只十四岁的柯利犬，上了年纪的，特别希望这只能够留下来和我们一起生活，但是早上他甚至都没等吃早饭就离开了。

在第二封回信中，艾比女士强调道：

我们现在知道了，他是12月6日来到我们家的，按我们记录的日期推算，他在我们之前的狗狗"奇迹"去世正好三个月的当天出现在了我们面前，如果他能留下来，那还真算是一个巧合。

Bobbie a Great Collie
一只伟大的牧羊犬

接下来有人说波比出现在了俄勒冈的达尔斯。具体的路线无从得知，但是波比从北方来到了波特兰，那是他穿过喀斯喀特山脉后可能到达的唯一地点，这一大山脉南北绵延上千英里，中途他可能还要穿过哥伦比亚大峡谷，其中达尔斯水电站——或者叫做"纽约湾海峡"——就坐落于此。

所以他从丹佛到达俄勒冈境内的哥伦比亚河，途中穿过的大西北那一片荒芜地带，沿途的具体路线和经历对我们来说会是个永远的谜。但是鉴于穿过此片广阔区域需要他花两个月的时间，又是处于那种极寒的冬季，那么，正如故事中所说，他一定是陷入了一种超乎想象的危险境地，甚至困难程度超过任何他的以往经历。在这样的荒原地带，想要战胜饥饿，那恐怕只能吃掉自己身上的肉了。直到回到家，他已经连续好几个星期没有吃过煮熟的食物了。他仅能吃到一点生肉，——这就足以证明了落基山脉冬季的残酷性，不难想象，他在那五百英里的缓慢西行路上经历了怎样的苦难。

故事中玛丽·伊丽莎白·史密斯眼中关于波比的所有细节，都来自于史密斯夫人的描述。史密斯夫人躺在病房里，清清楚楚地述说着他的情况；讲到记忆中波比的脚，肿胀的腿，眼睛还有身体的时候，她的眼中还时不时地噙满泪水。不吃任何东西，突然倒地，就连那溢满血水的爪子被浸入水中他都一直在睡着，这些细节都毫无例外地被写进了故事中。回到家后，他躺了三天时间，爪子抬到半空中，无法触碰地板，因为它们的特殊情况。

直到1924年秋天，史密斯夫人那些关于波比的描述才被发现。这只狗狗当时被波特兰不动产理事会安排参加了公开展览，每天都会有大群大群的游客慕名而来。展览第一天，允许人们摸摸他；不过他对这将近五万只手的触摸感到了反感，感觉像是他快被人们的爱抚磨出了茧子，这让他再也承受不了了。

于是在他的公寓周围一道警戒线被设了起来。蜂拥而至的人群伴着超乎想象的歇斯底里，急切地希望自己能有幸摸一摸这只狗狗，不过此时，已经安排了警卫人员在周围防守着。

在远处闹哄哄的人群里面有一位长者，因为太虚弱而寸步难行，根本连上前看一眼这只奇迹之犬的机会都没有。J.W.克罗斯利先生是在波比回家途中曾经帮助过他的朋友之一，也是波比最忠实的一位朋友，他无意间看到了史密斯夫人,也得知了她因为无法见一次波比而有着怎样的失望。"因为我认识他——他在我的家里停留过。"她这样解释道。

于是克罗斯利先生帮助史密斯夫人开辟出了一条前行之路,还带她进入到了帷帐中。在史密斯夫人距离波比还有几步之遥的时候,他抬起了头。他生着病,很虚弱,只想从这成千上万的参观者中逃走;但是一见到史密斯夫人他马上打起了精神,冲到了她跟前,就像见到了失散多年的老朋友一样。他就依偎在这个不断哭泣着的老妇人怀里,像这位老友一样的感怀和伤心。

他还没有忘记。这可以证明波比的一个突出特点:他不会忘记任何事情。我们暂且不谈那些脚部描写的相关细节有多么的感人至深,更令人为之动容的是对他内心世界的刻画。从体力方面来考虑,他的旅程真是无比的骇人听闻。作为回家本能的一项典范,他创造了世界纪录。鸟类,确实是,要经过长距离的迁徙;但是他们每年都要经历一次,而且还会有首领带路——作为首领的鸟类,他们已经沿相同路线飞过好多次了,尽管如此,他们也不能缺少地标的指示。其中已知的有关迁徙旅程的记录,没有一个可以和波比的事迹相媲美。

不仅如此，对于心理学家来说，最重要的是他本能的觉醒并且发挥出的巨大作用。据记录显示，从8月15日一直到11月末——整整三个半月——他都在画圈似的奔跑。向北，向南，向东，向西——只有一点点向西的倾向。他从印第安纳州的沃尔科特向西到达了爱荷华州的得梅因——在狗狗的概念中可能是两百英里的距离。在向西行进的同时，他也至少向其他方向奔跑了一千英里。

毋庸置疑的是，在他的潜意识里，有着向西行进的趋向；但是他当时还不知道，不知道什么时候服从这样的潜意识而一路向西，或者也不知道什么时候违背它而一路向东。

最令人吃惊的一点是，在这三个半月时间里，他就单单靠着自己的意志力和强烈的愿望，自觉地坚持寻找家的方向。他从来没有放弃回家的愿望和坚定的决心。从他的行动可以清晰地看出，他一直在不停地搜寻着，而且心中只有那么一个念想。最吸引科学家注意的高潮部分是，最终，也可以说是有赖于坚强的意志力，他的本能突然间觉醒了，并且让他做出了绝对正确的答案。

通过他几乎不偏不倚地朝向丹佛奋力前行的进程，我们会发现，他在六天之内的西行路程竟然比以往120天的多出了一倍，这足以证明了他本能的觉醒。在那之后，除了寻找食物，避开险峰，或躲开河流，他从未犹豫徘徊过。

无可否认，没有其他说法可以更好地解释波比所经受的长期磨难，还有他为什么会突然肯定地朝着家的方向前行。他的向西之路不同于之前他们向东行驶的路线。他只是简单地向西，有一点点偏南，所以，他到了丹佛；在之前的东行之路上，直到行至距家三百英里的地方，他一定是连一个地标都没有遇到过。

显而易见，他以前是被当作宠物养着，但绝对是没有被宠坏。波特兰不动产理事会赠予了波比一幢模拟主人家的小房子，现在也变成了波比及其夫人还有他们的十五个儿女的家。他获得了直通英属哥伦比亚首府温哥华市的钥匙，还获得了来自英国、法国、澳大利亚和美国的奖牌和金项圈。

近期的一项任务安排他寻找一具尸体。在树林里做了两天的常规搜寻后，他在距离塞勒姆商业区半英里的一处灌木丛附近不停地叫喊着，他的同行人注意到了这一点，但是没做理会，他们想以此来愚弄一下波比。第二天，那具自杀的尸体就从树丛中被找到了。

附　录

波比现在和他的主人生活在锡尔弗顿。他收到了来自世界各地大量的信件，他们都简单而准确地把收信人写成了"奇迹之犬，波比"。